나만 그랬던 게 아냐

나
만
그
랬
던
게
아
냐

**멍작가** 지음 ─────────────────

북스토리

· CONTENTS ·

프롤로그 ——————————— · 이 순간을 즐길 작은 여유 · 6

Chapter 1.
바다 건너의
일상 ——————————— · 이 화분은 당분간 팔지 않아요 · 10
· 맛있는 빵집을 찾는 법 · 15
· 기분이 좋아 · 22
· 낡고 오래된 것들의 이야기 · 33
· 노란 벽돌집 옆 작은 동네 책방 · 38
· 아무도 우릴 발견 못 해! · 41
· 작업하기엔 조금 부담스러운 · 46
· 사랑한 뒤에 · 51
· 적어도 나에겐 인생 최고의 축제였다 · 56
· 벽에 걸려 있는 우쿨렐레 · 63
· 일상 어디에든 예술은 있다 · 68
· 행복할 때 유독 티가 나는 (가짜 친구) · 73
· 없으면 이내 보고 싶은 · 77
· 안달하지 않아도 어른이 돼 · 84

Chapter 2.

그래도 여행을
떠나야 하는 이유 ————

• 수영 후에 먹는 라면이란 · 92
• 그곳에 남아 있던 건 · 101
• 옥수탕 이야기 · 108
• 우린 아무한테나 장소를 알려주지 않아요 · 113
• 스페인에서 먹은 왕새우 구이 · 120
• 어니언 수프보단 마제 소바 · 124
• 난쟁이가 살고 있는 크리스마스 마켓 · 131
• 만원으로 떠난 프랑스 남부 여행 · 139
• 딱 열 살 어린 내 친구 아미 · 146
• 아이리쉬 비프스테이크와 굴,
  그리고 바지락 찜의 조합 · 153
• 의무적으로 하는 여행은 · 161
• 오로라는 그렇게 사라졌다 · 168

Chapter 3.

먹고 마시는 것에
대하여

• 언제 마음이 따듯해지나요? · 180 ————
• 할머니와 탕수육 · 187
• 내가 가장 좋아하는 지하철 자리 · 192
• 냉장고 첫째 칸 소중한 달걀 · 198
• 달그락달그락 · 205
• 하늘 목장 계란 올린 함박스테이크 · 211
• 나는 아는 게 하나도 없었다 · 217
• 축구와 소시지에 관한 잡다한 이야기 · 224
• 아프리카풍 칵테일바에서의 첫 알바 · 231
• 나만 알고 싶은 비밀의 정원 · 240
• 옛날 분식집 충무김밥 하나 · 247
• 그 시간, 그 장소를 생각하면 떠오르는 게 있다 · 254

# 이 순간을 즐길 작은 여유

예전에 내가 즐겨보던 예능 프로그램에서 MC를 맡았던 한 연예인이 이런 말을 한 적이 있다.

"전 술을 마시기 위해서 운동해요."

솔직히 이 말에 난 격하게 공감했다. 물론 그는 술 마시는 것도 좋아하지만 그에 못지않게 미식가로도 알려져 있다.

언젠가 한번은 먹고 마시는 것에 대해서 글을 쓰고 싶었다. 대부분이 그럴 테지만 나에게 있어서 먹고 마시는 즐거움이 안겨주는 행복은 정말 커다란 비중을 차지한다. 가만히 돌아보면 잠을 자거나 일할 때를 빼고는 우린 대부분의 시간을 혼자 혹은 가족, 친구, 연인, 동료와 함께 먹고 마시는 행위를 하며 보내고 있지 않은가.

사실 내가 본격적으로 요리를 시작한 건 그리 오래되진 않았다. 그저 먼 타국에서 살아남기 위해 어쩔 수 없이 프라이팬과 주걱을 양손에 쥐게 된 것이다. 그리고 이러한 일련의 과정을 겪으면서 새삼스레 깨달은 게 있다. 이전에는 별 관심도, 아무 생각도 없이 단순히 먹기만 했다면 이제는 이 한 그릇에 담긴 시간과 소담스러운 정성을 알게 되었다는 것.

우리가 여행을 떠나는 이유도 마찬가지가 아닐까. 익숙하지 않아서 더욱 매력적이게 다가오는 낯선 감정들을 느끼고 싶어서 어딘가로 떠나는 거라면 단연코 여기엔 먹고 마시는 그 맛을 빼놓을 수 없다. 여행을 가서 내가 가장 좋아하는 일 중 하나도 바로 그곳에 있는 마트를 한 바퀴 찬찬히 둘러본 후, 현지에서 구한 신선한 재료들로 직접 맛있는 저녁을 해 먹는 것이다. 물론 여기에 다른 곳에선 구할 수 없는 로컬 와인이나 맥주 한 잔을 곁들이면 더욱더 좋고. 반복되고 지루한 일상을 다시금 가치 있게 바라볼 수 있는 것도 여행이 주는 긍정적인 면일 테다.

요즘 들어 가장 절실하게 느끼는 감정은 바로 당연하게 생각했던 것들이 사라졌을 때의 상실감과 공허함인 것 같다. 언제든 함께할 수 있고 마음만 먹으면 떠날 수 있다고 생각했던, 삶에 치여 어쩔 수 없이 우선순위에서 밀려 미래의 어느 날로 기약해야 했던 숱한 계획들이 더 이상 가능하지 않게 되었을 때에야 비로소 그 소중함을 더욱 느끼고 있다.

그럼에도 불구하고 우린 지금 이 순간을 즐길 작은 여유가 반드시 필요하다. 그게 훌쩍 떠나는 여행의 형태이든 집 안 가장 편안한 자리에서 즐기는 한 잔의 행복이든 간에. 앞으로 또 어떤 일이 벌어지더라도 우리를 버티게 해줄 힘은 바로 이런 단순하고 사사로운 기억들일 테니까.

마지막으로 이 책에 먹고 마시는 것 그리고 보는 것들에 가장 많은 부분을 함께 해준 '제이미'에게 고맙다는 말을 꼭! 전하고 싶다.

# Chapter 1

# 바다 건너의 일상

비바람이 치던 바다—
다 같이 에브리바디!

멋짐
대폭발

와아아!!

오오오!!

# # 이 화분은 당분간 팔지 않아요

작년 여름 지인으로부터

이름 모를 작은 화분을 선물로 받은 적이 있다.

처음에는 다른 집이었으면 무럭무럭 잘 자랐을 텐데

행여 나 때문에 죽기라도 하면 어쩌나 하는 걱정부터 들었다.

하지만 다행스럽게도 그건 나의 오산이었다.

듬성

헤헷

처음 집에 왔을 때

풍성

끄응

지금
(대형 화분으로 이사 요망)

처음으로 살아 있는 무언가를 책임진다는 것에 어느 정도 자신감이 붙게 되었다.

으레 그렇듯 별다른 약속이 없던 어느 일요일, 느지막하게 아침을 먹은 후 새로운 화분을 데려오기 위해 꽃시장에 갔다. 마치 작은 식물원에 온 것처럼 야외에 수많은 나무와 화분들을 팔고 있는 이곳은, 자주 오지는 못하지만 잠시나마 이 공간에 머물고 있다는 것만으로도 마음에 한없이 위로와 안정을 주었다. 말 그대로 일상생활 속의 '청량한 힐링'이 되는 그런 장소였다. 크고 묵직한 화분과 작은 화분들 사이마다 따뜻한 봄 색상으로 잔잔히 채워놓은 꽃들, 그리고 그들을 다정하게 감싸는 작고 커다란 화분들과 전문가 포스가 물씬 풍기는 도구와 약품들. 게다가 꽃시장 곳곳에는 여러 명의 직원들이 식물들을 살펴보면서 나처럼 어찌할지 몰라 주춤대고 있는 사람들에게 서슴없이 다가와 말을 걸곤 한다. 평소 같았으면 조금 부담스러울 수도 있는 친절이지만 식물 문외한인 나에겐 그런 도움이 절실히 필요했다.

뭐 도와드릴까요?

봉사 미소
친절

아… 이거 키우기
어렵지 않나요?

금방 죽는 건
아니겠죠?

물은 며칠에 한 번?
얼마큼?

흠‥

이건 정말 키우기
쉬운 식물이랍니다.

물은 적당히만
주면 돼요.

(가장 어려움)

후훗

사실…
얼마전에 아끼던
선인장이
죽어서요….

훌쩍

…쉽지 않은 일이지요.

웬만해선 선인장이
죽지 않는데….

(그냥 구경만 하고
가는 게….)

절레절레

그쵸? 식물을
키운다는 건 참–

아….

커다란 시장 곳곳을 둘러보고 돌아다니느라 조금 지친 몸을
잘 구워진 바삭한 크루아상과 따뜻한 커피 한 잔으로 채웠다.
다시 마음에 드는 아이가 있는지 차근차근 둘러보기 시작했을 때였다.
좁다란 길모퉁이에 있는 큼지막한 나무 화분에 걸려 있는
안내문이 문득 눈에 들어왔다.

"이 화분은 당분간 팔지 않아요.
새가 여기에 새끼를 낳았답니다."

내 키보다 한두 뼘 정도 큰 화분 여기저기를 살펴보고 있는데,
별안간 옆에 있던 꼬마가 소리쳤다.
"맨 위예요!!"

꼭대기에 과연 자그마한 새끼들이 비비적거리며 내는 소리가 들렸다.
화려한 색색의 꽃과 상큼한 화분들로 설렌 그날,
꽃가게의 작지만 다정한 배려에
덩달아 기분까지 행복해진 일요일 오후였다.

그리고 새로운 가족이 된
알로에와 코코넛 화분입니다.

# 맛있는 빵집을 찾는 법

주말이면 가끔씩 들르는 시장 한가운데에는 미트볼같이 간단한 요리들과 함께 그 집만의 시그니처 메뉴인 도톰한 와플을 파는 가게가 있다. 이곳에 갈 때면 고소한 빵 냄새와 달콤한 버터 향에 이끌려 나도 모르게 기다란 줄 뒤에 서게 되곤 한다.

손 글씨로 정성스레 써 있는 메뉴들을 훑어보며 한참 기다리고 있는데, 바로 앞에 서 있던 할머니가 먹음직스러운 와플을 받아들고는 돌아보며 나에게 말했다.

여기 와플 나왔습니다.

감사해요!

(아…맛있겠다.)

이건 내가 아니고
남편이 시킨 거야.

아니, 이 양반은 이 커다란 걸
혼자 먹겠다고, 호호호홋….

아… 네에.

구구절절─

서로 처음 본 사이

여기 딸기케이크도 나왔습니다.

야호!

아… 그래도 내 것은
과일이 잔뜩 들었잖니.

…그래도 저녁은
안 먹는 게 낫겠다, 그치??

아하하… 그러네요.

구구절절~

그치그치?

머쓱

(안 물었는데….)

만만치 않은 크기

서로 정말 모르는 사이

멈칫

곰곰~

흠…

아니야,
그래도 아예 안 먹으면 섭섭하니
조금은 먹어야겠지!

해맑음

방긋

아… 그럼요!
하하하하하

동그란 테이블에 제이미와 나란히 앉아 달콤한 체리잼과 생크림
그리고 바닐라 아이스크림이 소복이 올려 있는 와플을
사이좋게 나눠 먹고 있는데, 문득 제이미가 말했다.

독일에서 맛있는 케이크를 먹고 싶으면
할머니, 할아버지들이
많은 카페에 들어가면 돼.

오, 정말?!

둘러보니 주변 테이블에 앉아 있는 손님들이 제이미 말대로
온통 할머니, 할아버지들이었다!

아~ 해봐요.

허허

어서—

"나이가 들면 다시 어린아이로 돌아가는 것 같아…."

그러고 보니 와플은 내가 어른이 되고 나서야 비로소 멋진 인테리어의 카페에 앉아 꽤 비싼 돈을 지불하고 먹은 디저트였다. 사실 와플보다 나에게 생각만 해도 군침이 돌고 미소를 머금게 하는 디저트는 바로 '팬케이크'이다. 어렸을 때 엄마가 프라이팬에 만들어주곤 했던, 계란 반숙을 살포시 올린 이 단짜리 납작하고 폭신한 팬케이크. 다 구워지기가 무섭게 얼른 접시에 받아들고는 이미 동그란 빵을 달처럼 노랗게 물들이고 있는 계란과 함께 적당히 잘라 포크로 한입에 쏙 넣는다. 그럴 때면 입안 가득 퍼지던 달콤한 버터와 메이플 시럽의 향, 그리고 맛의 균형을 잡아주던 고소한 계란프라이의 맛까지 그야말로 순식간에 행복하게 물들인 어린 시절 최고의 디저트였다. 엄마표 팬케이크의 맛은 마치 어제도 맛본 듯 생생하다.

엄마표 팬케이크 위에는 버터 한 조각 대신 언제나 계란프라이가 올려져 있었다.

사람들은 때때로 달콤한 맛을 찾는다.

화가 나고 스트레스가 쌓일 때,

여기저기 상처 난 마음에 작은 위로가 필요할 때,

그리고 마치 이 넓은 세상에 나 혼자인 것같이 외롭고 슬플 때.

나이를 한 살씩 먹는다는 건

그만큼 그리워할 것들이 많아지는 것 같다.

문득 어떤 음식을 먹다가

잊고 있던 과거의 그때의 기억으로 돌아갈 때가 있다.

음식이란 매개체로 갑작스럽게 떠오른 그 기억이 참으로 반갑다.

그립고 보고 싶지만 다시 오지 않을 그 시간을

달콤한 케이크 한 입으로 기억할 수 있다는 건 참 근사한 일이다.

나이들수록 유독 달짝지근한 맛을 찾는 건

지나간 달콤한 시간을 기억하고 싶은 건 아닐까.

# 달콤하고 보드라운 '크렘 브륄레'

독일에서 장을 볼 때면
항상 사 오는 디저트
'크렘 브륄레'

유리병 안에는 차가운 바닐라
커스터드 크림과 뚜껑에
작은 봉지가 붙어 있어요.

이 봉지는 바로
황설탕!!

노랗고 보드라운 푸딩 위에
설탕을 솔솔솔 골고루 뿌려줍니다.

미니 토치로 설탕 겉면을
천천히    녹여줍니다.
약하게

그러면 한겨울 살얼음처럼
바삭하면서 달콤쌉싸름한
캐러멜 설탕 토핑 완성!!

티스푼으로 툭-치면 와사삭
깨지는 설탕 코팅과 그 안에
머금은 크림을 함께 떠서

하아—

여기가 헤븐인가.

↑ 유리병은 간단한
소스그릇으로 재사용 ☺

한입에 쏙 먹으면 끝!

# # 기분이 좋아

영화 〈산의 톰씨(Mountain Days with Tom-san, 2015)〉에 나오는 고양이 이름은 '토무'이다. 수컷이라 '톰'이라고 이름 지었는데 일본어 발음의 특성상 모두들 '토무'라고 부른다. 어느 한적하고 평화롭기만 한 시골 마을에 엄마와 어린 딸, 그리고 책을 쓰는 한 중년 여성과 그녀의 사춘기 조카가 함께 살며 펼쳐지는 이야기다.

엄마와 딸           이모와 조카

소소하고 느릿한 이 영화에서 가장 커다란 사건은 바로 집 안에 쥐가 나타난 것이다. 매일 밤 천장에서 나는 쥐 소리 때문에 잠을 설치던 그들은 대책을 마련하기 위해 다 같이 모여 고민하다 결국 새끼 고양이를 키우기로 한다.

• 잠시 후 •

두리번두리번

꺄악~ 너무 귀엽잖아!!

냐옹~

험험

아악~ 귀요미~

아이고~
이렇게 귀여우니깐

안아줘야재~

꺄아아악~

뒹굴뒹굴

여기까지 보면 고양이가 주인공으로 나오는
반려동물 영화 같기도 하지만, 사실 이 영화의 주된 볼거리는
TV 프로그램 〈삼시 세 끼〉처럼 그들이 집 앞 텃밭에서 정성껏 키운
채소들로 둘이서도 꽉 차는 작은 부엌에서 부지런히 음식을 만들고
동그란 나무 테이블에 앉아 도담도담 먹는 것에 있다.

돈가스 & 새우튀김          오므라이스

오니기리

미소국          계란프라이          양배추 고기말이

매 끼마다 저렇게 정갈하게 차려 먹는 게 가능할까 싶을 정도로 매번
바뀌는 요리들 중 유일하게 처음부터 마지막 장면까지 끊임없이 등장
한 건 '오니기리', 우리에게도 친숙한 삼각김밥이다.
고등학교를 졸업하고 서울에서 혼자 자취를 하면서부터 나에게 삼각김
밥은 떼려야 뗄 수 없는 동반자와 같은 존재였다. 그때만 해도 하루가
멀다 하고 저녁 약속이 있었고 어쩌다 술 약속이 없는 날이면 근처 편
의점에 들러 삼각김밥 두 개와 맥주 한 캔을 사 들고 터덜터덜 집에 돌
아오곤 했다.

첫 직장에 입사해 일을 막 시작했을 무렵, 당시 영업팀, 마케팅팀 어디에도 나는 명확하게 소속되지 않았던 때라 점심시간만 되면 어느 쪽에 붙어야 할지 눈치를 봐야 했다. 그래서 하루는 출근하는 길에 들른 편의점에서 삼각김밥 하나를 샀다.

점심시간이 되자 난 체한 것 같다며 배를 어루만지고는 자리에 그대로 앉아 있었다.

다들 맛있게 드셔요~
난 속이 안 좋아서….

아하하하하하하

다른 팀원들이 모두 밥을 먹으러 나간 후, 난 가방 안에서 삼각김밥을 꺼내 얼른 주머니에 집어넣고는 먹을 만한 장소를 물색하기 시작했다. 휴게실에서 혼자 먹자니 누가 들어오기라도 할까 걱정이 됐고 고민한 끝에 하필 선택한 곳이 화장실이었다.

두리번두리번

슬쩍

아이고 배야···.

왜 이러지 참나ㅡ

휴지는 변기에
제발 버려주세요!

슥슥ㅡ

그땐 왜 그렇게까지 사람들의 눈치를 보면서 안간힘을 썼을까.
웬만한 음식점에 가서도 혼자서 곧잘 먹는 지금의 나로서는
상상도 하지 못할 과거지만 막 회사에 들어간 새파란 신입사원이었던
그 시절의 나는 참 많이 낯설고 당황스럽고 두려웠다.
삼각김밥의 안쓰러운 추억은 그럴 수도 있겠다고
스스로를 보듬어보는 수밖에.


영화의 마지막 즈음 동네 문방구 할머니는
우연히 길에서 만난 토무네 집 조카를 따라 낚시를 하러 나선다.

"기분이 좋아."

두 시간 남짓 동안 이 영화가 보여주고 싶었던 건 바로 '기분이 좋아' 이 문장이었다. 제 나름의 정성을 들여 만든 맛난 음식을 서두를 필요 없이 꼭꼭 맛을 씹으며 먹는 것.

행복이란 것도 별게 있을까. 아마도 그건 대단하고 거창한 게 아니라 비슷하게 반복되는 일상에서 문득 '아… 좋다' 하고 느끼는 사사로운 순간들이 빼곡히 쌓여 저마다의 행복이 만들어지는 것 같다.

아니, 삼각김밥만 먹기 지루하다고요?

그럼 한번 오니기리를 구워봅시다-!

# 야끼오니기리 레시피

재료는 참치, 멸치, 햄, 고기 등
원하는 대로 넣고!

(밥 양념 : 소금, 깨소금, 참기름)

중약불에 천천히 구워줍니다.

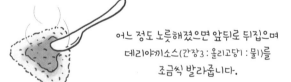

어느 정도 노릇해졌으면 앞뒤로 뒤집으며
데리야끼소스(간장3 : 올리고당1 : 물1)를
조금씩 발라줍니다.

노릇노릇 고소한
야끼오니기리 완성!

# 낡고 오래된 것들의 이야기

집 근처에 있는 공터 앞에는 날씨가 좋은 주말이면 벼룩시장이 열리곤 한다. 한 번씩 구경 갈 때면 딱히 살 만한 물건은 없지만 낡고 오래된 것에서 느껴지는 애틋하고 다정한 느낌이 좋아서 또다시 찾게 된다. 대부분 나이가 지긋한 할머니, 할아버지들이 평생토록 간직했던 손때 묻은 골동품들을 바닥에 펼쳐놓고 저렴한 가격에 팔고 계신다. 천천히 걸으면서 내가 좋아하는 빛바랜 파스텔 색의 그릇들이나 조그마한 찻잔에 눈길을 주기도 하고 괜스레 읽지도 않을 독일어로 된 중고 서적을 뒤적이기도 한다.

모든 낡고 오래된 것에는 저마다의 이야기들이 있다. 그래서인지 이미 손님에게 팔린 물건을 손바닥으로 쓱 한번 문질러보고 봉투에 넣어 건네는 그들의 표정에는 이내 아쉬움과 섭섭함이 아른거린다. 그들에게 더 이상 필요하지 않지만 차마 버리진 못하고 다른 사람의 손에서 다시금 그 가치를 빛내주길 바라는 마음으로 그들은 온종일의 하루를 기꺼이 내놓은 것일 테다.

나에게도 이십 년이 훌쩍 넘은 낡은 나무 보석함이 있다. 얼마 전 이사하면서 어디 갔는지 없어지고 말았지만 그 나무 보석함 안에는 아주 조그맣던 나와 기억 언저리에 뭉근하게 남아 있는 다정한 마음이 추억으로 고스란히 담겨 있었다.

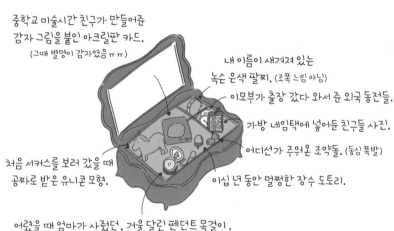

중학교 미술시간 친구가 만들어준
감자 그림을 붙인 아크릴판 카드.
(그때 별명이 감자였음ㅠㅠ)

내 이름이 새겨져 있는
녹슨 은색 팔찌. (조폭 느낌 아님)

이모부가 출장 갔다 와서 준 외국 동전들.

가방 네임택에 넣어둔 친구들 사진.

어디선가 주워온 조약돌. (동심 폭발)

처음 서커스를 보러 갔을 때
공짜로 받은 유니콘 모형.

이십 년 동안 멀쩡한 장수 도토리.

어렸을 때 엄마가 사줬던, 거울 달린 펜던트 목걸이.
(노래도 나오고 사진도 끼울 수 있음)

사실 나도 몇 년 전 처음으로 벼룩시장에서 물건을 판 적이 있다. 친구가 물건들을 팔고 있는 테이블 오른쪽 구석에서 나도 그동안 혼자 끄적거렸던 그림들을 작은 액자에 넣어 가격표를 붙여 올려놓았다. 오후가 되도록 내 그림은 하나도 팔지 못한 채 친구 옆에 앉아 있는데, 어린 아들과 함께 온 듯한 남자가 내 그림을 유심히 살펴보더니 불현듯 나에게 물었다.

이거 직접 그린 거야?

(오! 손님이다!)

벌떡!

아… 사실 내가 배운 적은 없는데…
그냥 혼자 그려본 거임.
음… 그러니까 난 전문가는 아냐.

아하하하하하

급 당황

구구절절

"처음부터 잘하는 사람은 아무도 없어."

그 남자는 이렇게 말하더니 액자 하나를 집어 들고는
그림 뒤편에 사인을 해줄 수 있는지 물었다. 언젠가 내
가 유명해지면 비싼 돈을 받고 팔겠다며 사람 좋게 씩
웃으면서.

어느덧 해가 저만치 내려앉은 저녁이 되었고 우리는 슬
슬 테이블을 정리하기 시작했다. 빨간색 뽑기 기계, 미
니 룰렛 등 특이한 물건들을 잔뜩 들고 나왔던 친구는
들고 갈 짐이 확 줄었다며 좋아하다가 정작 하나밖에
팔지 못한 나와 내 그림들을 번갈아 힐끗 보더니 어깨
를 툭 치며 말했다.

"야, 실망하지 마. 이게 끝이 아니잖아.
지금 넌 충분히 잘 해나가고 있다고!"

참고로 난 니 그림들
다 좋음!!

저, 정말?

최고!

짱

헤헤

• 잠시 후 •

아니, 니가 너무
맘에 든다 하길래.

좋지?
딱이지?

…그, 그치…

짜잔!

에헤헤헤헤

벽에다 팔지 못한 그림을 다 걸어 놓았다.

## # 노란 벽돌집 옆 작은 동네 책방

나는 집 근처 마트에서 집으로 돌아오는 길을 좋아한
다. 그래서 트램을 타고 세 정거장은 가야 하는 거리이
지만 웬만하면 에코백 하나를 어깨에 둘러메고 걸어가
곤 한다.

걷다 보면 내가 좋아하는 머스터드의 노란색으로 벽면
을 칠한 앙증맞은 이층집을 볼 수 있다. 또 딱 봐도 오
랜 세월 동안 한동네에서 단골로 알고 지낸 듯한 할머
니들이, 빵 굽는 고소한 냄새가 새어 나오는 빵집 앞 작
은 테이블에 옹기종기 앉아 햇볕을 쐬고 있는 모습도
종종 볼 수 있다. 길가에 빈 벤치 옆에는 내가 지나갈
때면 어김없이 호기심 가득한 표정으로 빤히 쳐다보곤
하는 휠체어를 탄 할아버지도 볼 수 있다(가끔 말을 걸기
도 하는데, 잘 알아듣기가 어렵다).

같은 길을 조금 더 내려가다 보면 안타깝게도 손님이 있는 걸 거의 보지 못한, 그림책을 전문으로 파는 작은 동네 책방이 있다.

요즘 부쩍 그림책에 관심이 많아진 나는 유리창에 진열되어 있는 책 표지 그림들을 유심히 바라보며 천천히 지난다. 그런데 그때 유리창 사이 벽면에 붙여 있는 종이 한 장이 눈에 띄었다.

언뜻 봤을 때는 보통 '월세 구함'이나 '중고품 판매'와 같은 글 아래 오징어 다리처럼 여러 장으로 오려서 연락처를 적어놓고 관심 있는 사람들이 자유롭게 뜯어갈 수 있게 하는 평범한 광고지 같았다. 가까이 다가가 자세히 보니 바람이 불 때마다 살랑살랑 움직이는 종이 오징어 다리에 아무런 내용도 없이 그저 웃는 표정들만이 그려져 있고 종이 위엔 이렇게 적혀 있었다.

"오늘 하루치 웃음을 가져가세요! :)"

이미 해가 뉘엿뉘엿 내려가고 있는 늦은 오후였는데도 아직 새것이나 다름없는 종이를 보니 아침부터 만들어 붙여 놓았을 책방 사장님의 마음 씀씀이가 괜히 마음이 쓰였다. 결국 난 가던 걸음을 멈추고 다시 돌아가 종이 하나를 뜯어 호주머니 속에 얼른 집어넣었다. 내일도, 그 다음 날에도 외로운 책방 문을 열고 자리에 앉아 가위로 종이를 하나하나 오려서 만드는 그의 작은 정성이 계속될 수 있도록.

# 아무도 우릴 발견 못 해!

영화 〈킹 오브 썸머(The Kings of Summer, 2013)〉에서 아버지와 단둘이 살고 있는 조이는 가부장적인 아버지와의 갈등 때문에 결국 가출을 하게 된다. 베스트 프렌드와 조금 특이한 성격의 또 다른 친구와 함께 그들은 자유를 찾아 떠난다. 인적이 드문 숲에 자리를 잡고 공중화장실 문짝, 폐가에서 가져온 창문과 나무들, 버려진 자동차와 소파 그리고 아무도 사용하지 않는 놀이터의 미끄럼틀까지 각종 폐기물들을 주워다가 그들만의 오두막집을 만든다. 솔직히 소년들이 직접 만들었다고 하기에는 너무 고퀄리티인 데다가 완벽한 색감의 조화까지! 마치 블록 장난감처럼 오밀조밀 귀엽기만 하다. 나도 한 번쯤은 살아보고 싶을 만큼.

"아무도 우릴 발견 못 해! 여기 이곳은 바로 우리 거야."

어렸을 때 나도 언니, 오빠와 집에 있을 때면 올망졸망 모여 텐트 놀이
를 했다. 그날도 함께 TV에 나오는 만화를 보고 방으로 들어와서 뭘
하고 놀까 생각하다 오빠가 텐트를 만들자고 했다. 우리는 옷장에서 엄
마가 말끔하게 세탁해둔 이불들을 꺼내 먼지가 그득한 옷장과 서랍장

위에 걸쳐놓고 무거운 책으로 고정시켰다. 어설프게나마 완성된 우리만의 이불 텐트 안에 들어가 각종 인형들과 장난감 그리고 과자들로 마음껏 어질러놓고는 본격적으로 캠핑 놀이를 하기 시작했다.

잠시 후 방문을 열고 들어온 건 언니가 아닌 엄마였고, 그렇게 우리가 등짝을 사정없이 맞고 있을 때 베개를 안고 돌아온 언니는 우릴 보고 놀라 잠시 꼼짝 않고 서 있다가 휙 돌아서 자기 방으로 가버렸다.

작년 이맘때쯤이었다. 종종 장을 보러 가는 마트의 행사 매대에서 번쩍이는 네온색 텐트를 10유로로 할인 판매하고 있었다. 누가 봐도 몇 번 쓰지도 못할 싸구려임이 분명했지만 한참 그 앞을 서성이다 결국 사고 말았다. 그런데 난 아직 한 번도 텐트를 쳐본 적이 없는 캠핑 문외한이었다. 이걸 어떻게 해야 하나 고민하다가 거실 구석에 대충 물건을 치운 다음 텐트를 치기 시작했다. 벌써 이십 년도 넘게 훌쩍 지났지만 다시금 나에게 (조금 부담스러운 색의) 아늑한 비밀 공간이 생긴 것이다! 얼마 후 아슬아슬하게 텐트를 고정하고 있던 폴대가 결국 부러지는 바람에 버리고 말았지만.

마냥 신나고 즐겁기만 했던 어린아이였을 때 그러했듯 다 큰 어른이 돼버린 지금도 우린 계속해서 자기만의 동굴을 찾아 헤매는지도 모른다. 몸집이 한참이나 작았던 그때는 옷장 속이나 책상 아래, 컴컴한 창고 구석 같은 좁은 곳에 숨는 걸 좋아했는데, 요즘엔 내 마음 하나 편안히 놓을 적당한 장소를 찾는 게 쉽지가 않다. 그래서 가끔 그리 쾌적하다고 할 순 없지만 화장실 변기에 앉아 잠시 숨을 돌리거나 카페 구석자리에 홀로 커피 한 잔을 두고 멍하니 앉아 있기도 한다.

'나만의 비밀 아지트는 어디일까?'

# 작업하기엔 조금 부담스러운

한국에 비해 이 도시에는 커피숍이 그리 많지 않다. 특히 웬만한 동네마다 하나씩은 있다는 스타벅스도 여기에선 일부러 검색해서 찾아가야 할 정도로 매장 수가 적다. 우리 동네만 해도 음식점, 빵집, 아이스크림 가게, 패스트푸드점은 다 있지만 진득하게 앉아서 책을 읽거나 일을 할 만한 카페는 찾기 어렵다. 그나마 10분 정도 걸어서 가면 카페라고 불릴 만한 곳이 하나 있기는 하다. '카페 바하(Café Bahar)'란 이름의 가게인데, 수십 가지 차 종류가 담긴 상자들이 카페 벽면을 가득 채우고 있어 사장님에게 물어보거나 직접 골라서 마실 수 있고, 매일 만드는 간단한 요리들을 아침마다 카페 앞 메뉴판에 적어놓곤 한다. 가게 전체가 통유리로 되어 있어 밖에서도 쉽게 안을 볼 수 있는데, 사면을 전부 하얀색으로 칠하고 갈색 나무와 초록 화분들을 곳곳에 배치해서 깨끗하면서 아늑한 분위기를 품고 있다. 카페 앞에는 작은 테이블을 대여섯 개 놓아뒀는데, 유럽 어디를 가도 마찬가지이지만 햇볕이 좋은 날이면 그 따스함을 조금이라도 더 느끼고자 하는 손님들로 가득 찬다.

하지만 홀로 이곳에 앉아 작업을 하기에는 좀 애매한 분위기이다. 그도 그럴 것이 대부분의 손님들이 나이대가 어느 정도 있는 중년 여성이거나 할아버지, 할머니들이고, 간혹 노트북으로 뭔가를 열심히 하고 있는 사람도 있지만 거의 찾아보기 힘든 실정이다. 그래서인지 카페가 따뜻하고 예뻐서 오고가며 한 번씩 들여다보긴 했지만 정작 한 번도 이용한 적은 없었다.

그러던 어느 날 달콤한 크림이 잔뜩 올라간 케이크나 노란 빛깔의
진득한 치즈케이크가 너무 먹고 싶었다. 근처 빵집을 모두 뒤졌지만
타르트 종류의 디저트 빵 말고는 찾을 수가 없었다. 다소 실망한 채
터벅터벅 집으로 돌아오는 길에 무심코 쳐다본 카페 안에 알록달록
예쁜 색상의 조각 케이크들이 나란히 진열되어 있는 걸 발견했다!
처음으로 'Café Bahar'란 공간에 발을 내딛는 순간이었다.

얘, 거기 있었구나.
뭐 줄까?

요기, 딸기케이크
하나
주세요.

고민
신중

그리고… 으음…

맙소사!
저 사랑스러운 소년 좀 보소….

(감동받아 울고 있음)

(엄마 생일인가 보네.)

(하아-
너무 귀엽잖아.)

이런 효자
귀요미 같으니-

응, 포장할 거지?

흐뭇

저기 하트 막대도
같이 주세욤!!

헉!!
뭐라고…??

!

으응…?!!
아… 그, 그렇구나.

멋?!!

아니요,
여기서 먹고 갈 거예요.

아이 예뻐–
책상 옆에 꽂아놔야
기분이 좋아.

에헤헤
맛이쪼!

그냥 케이크가 먹고 싶었던 어린이

그냥 나처럼 케이크가 무척 먹고 싶었던,
유난히 아기자기한 걸 좋아하는 어린이를 만난 하루였다.

# # 사랑한 뒤에

적어도 사랑에 관해서는 독일인이 조금은 더 쿨할지도 모른다는 생각을 했다. 물론 개개인의 마음까지 세세하게 살펴볼 수는 없지만 표면적인 만남과 관계에 있어서 소위 말하는 할리우드식 연애처럼 헤어지고 나서도 여전히 좋은 친구 사이로 연락하고 만나는 걸 종종 목격했기 때문이다.

작년 친구 A의 생일파티에 참석했을 때였다. 다들 그녀의 집에 모여 음식과 술을 나누며 함께 축하해주는 자리였는데, 12시가 되자 친구 남동생이 생일 선물이라며 앞에 나가서 노래를 부르기 시작했다. A와 나이차가 꽤 많아 보여서 별생각 없이 옆에 있던 친구에게 말했더니 그가 이복동생이라고 말했다. '아, 그랬구나…' 하고 혼자 생각하고 있는데, 이윽고 한 아주머니가 잠시 들렀다며 생일 축하한다는 말과 함께 A에게 다가와 포옹을 했다. 그녀의 엄마는 지금 몸이 안 좋으셔서 병원에 있다고 들었기 때문에 이분은 누굴까 궁금했다. 후에 알고 보니 그 아주머니는 A의 아빠와 재혼한 새엄마였고, 아빠는 A에게 들렀다가 일찌 감치 A의 친엄마를 보러 병원에 갔다는 것이다. 물론 이혼이나 재혼에 관해 편견이나 선입견 같은 건 전혀 없지만 이렇게 거리낌 없이 서로를 대하는 모습이 솔직히 조금 놀라웠다.

예전에 독일인과 사귀었던 한 친구가 한번은 잔뜩 화가 난 채로 나에게 전화한 적이 있었다. 크리스마스에 남자 친구 고향에 함께 놀러 갔는데, 저녁때 그의 부모님 집에 어릴 때부터 친한 고향 친구들이 다 모였다고 한다. 그런데 문제는 그들 중에 그녀의 남자 친구의 예전 여자 친구도 함께 왔다는 것이다.

분명 드라마나 영화에서나 나올 법한 민망하고 껄끄러운 상황이지만 그녀가 더 어이없었던 건 그들의 모습이 다른 친구들과 마찬가지로 너무 자연스럽고 편안해 보여서 정작 화도 제대로 못 냈다며 하소연을 했다.

"아니, 도대체 뭐가 그렇게 쿨한 건데, 걔네는!"

나의 경우 예전에 만났다가 헤어진 사람들 중
대부분은 연락이 끊겼지만 드물게 한번씩 서로의 안부를
주고받는 이도 있긴 하다. 하지만 내가 일방적으로
이별을 통보받았거나 관계의 끝에서
서로 시퍼런 칼날을 세우고 말았던 사람하고는 예외 없이
완전히 남남이 되고 말았다. 그와 반대로 헤어지고 나서 되려
난 계속 친구처럼 지내고 싶었지만
상대방이 먼저 차갑게 선을 그은 적도 있었다.

예전에 스페인에서 독일로 와서 잠시 뮌헨의 친구 집에 함께 살고 있을 때였다. 그날은 그다지 떠올리고 싶지 않던 그 사람의 결혼식이었고, 난 그날 밤 쿨쿨 자고 있는 친구 옆에 앉아 그녀가 아껴놓았던 사케 병을 땄다. 집에 먹을 거라곤 독일식 뻥튀기(Reiswaffeln)밖에 없었고, 난 그 과자 몇 조각과 함께 독한 술 한 병을 홀딱 다 마셔버렸다. 그리고 다음 날 하루 종일 화장실에 들락거리며 마음만큼 속까지 참 쓰리고 괴로웠던 기억이 있다.

독일 쌀과자와 사케의 부조화

이미 몇 년이 지난 어느 날 저녁이었다. 딱히 입맛이 없어 간단하게 간장 버터밥을 슥슥 비벼서 막 한 숟갈을 떠먹으며 폰을 들여다보고 있었다.

**간장 버터밥 레시피**

1. 따듯한 흰밥에 버터 한 숟갈을 올리고 밥으로 잘 덮어준다.

2. 간장을 한 바퀴 두른 후

3. 계란프라이를 올려 잘 비벼서 먹는다.

그때 문득 생각이 났다.

버터밥에 김치 한 점 올려서—
맛있겠다아!

헤헷

엇!

아… 맞다.
어제 (그 사람) 생일이었네….

…그렇게 잊으려고 할 땐
뭘 해도 안 되더니….

으아아악—
난 쓰레기야

미움

아무렇지 않네.
이제는.

냠—

## # 적어도 나에겐 인생 최고의 축제였다

몇 해 전 한 예능 프로그램에서 여자 연예인이 수영복
을 입고 수영하는 장면이 화제가 된 적이 있다. 오십이
넘은 나이 때문인지 아니면 다른 연예인들에 비해 통통
한 몸매 때문인지는 모르지만 꽤나 이슈가 된 걸로 기
억한다. 사실 우리 부모님 세대만 하더라도 해변에 놀
러 가면 대부분의 엄마들은 물에 들어가지 않고 파라솔
아래에 앉아 자리를 지키는 경우가 많았다.

독일 뮌헨에 전통의상을 맞춰 입고 예쁘게 꾸며진 대형 텐트 안에서 열리는 '악토버 페스트'가 있다면, 쾰른에는 각자 개성에 맞게 분장을 하고 거리로 나와 즐기는 '카니발'이 있다. 어느 축제가 더 가볼 만하냐는 질문에 굳이 하나만 택하는 건 쉽지 않지만, 지금(쾰른에 살고 있는) 나에게 카니발은 적어도 인생 최고의 축제였다.

매년 11월 카니발의 시작을 알리는 날을 시작으로 2월에 일주일 동안 집중적으로 열리는 카니발은 매년 수십만 명의 방문자가 축제를 보러 온다. 쾰른에는 제5의 계절이 있다고 할 정도로 쾰르너들이 자랑스러워하는 행사이다. 공식적인 국가공휴일은 아니지만 축제기간 동안 쾰른에 있는 많은 회사나 공공기관은 일을 하지 않는다. 특히 카니발의 하이라이트라고 할 수 있는 '로젠몬탁(Rosenmontag, 장미의 월요일)'에는 커다란 행렬 마차들을 중심으로 기나긴 퍼레이드가 쾰른 주요 거리를 반나절 동안 돈다. 이때 지나가는 거리마다 서서 기다리고 있는 사람들이나 심지어 아파트 발코니에서 구경하고 있는 사람들에게까지 사

탕, 초콜릿, 젤리 같은 과자, 꽃, 인형들을 공짜로 나눠준다. 이 카니발
기간 동안 얻은 과자들로 아이의 몇 개월치 간식을 해결한다는 우스갯
소리가 있을 정도로 굉장한 양이 길바닥에 뿌려진다. 행렬을 구경하는
사람이면 누구나 '카멜레!(Kamelle!)'라고 외치는데, 단순히 허공에 대고
소리치는 것보다 마차에 타고 있는 사람들 중 하나를 집중 공략하여 그
사람만 뚫어지게 쳐다보며(간절하게) 외치는 게 효과적이다. 저마다 손
에 가방과 바구니들을 든 채 사탕과 초콜릿을 줍기 바쁜데, 간혹 우산
을 거꾸로 들고 있는 사람도 볼 수 있다.

초긴장

카멜레!!

(열심이시네)

우산에 헬멧까지
만반의 준비를 다한 사람

한번은 흔치 않은 아이템인 곰인형을 받은 찰나 기뻐하기도 전에 옆에
서 이미 가방 하나를 가득 채운 아이가 나를 뚫어지게 쳐다보고 있었
다. 잠시 고민하다가 하는 수 없이 조용히 인형을 그 아이의 가방 안에
넣어줬다. 아무리 '카멜레'라고 외쳐도 바로 옆에 있는 아이들을 두고
과자들을 독차지하기란 어려운 법이다.

헉!!!
이건 거의 받기 힘들다는
곰인형?!!!

꺄아악-
곰인형 득템!

야호!

(뜯어져라-)

세상에서 제일 신난 삼십 대

흠...
쳐다보지 마라,
마음 약해진다….

반짝반짝

나죠나죠나죠나죠요
하는 눈빛

...
자, 여기 곰인형
너 가지렴….

난 성숙한 어른-

앗싸!

간혹 큰 행렬 마차에서 던진 초콜릿에 이마를 맞아 커다란 혹이 생기기도 하고, 퍼레이드를 걷는 사람들이 꽃을 주면서 장난스레 볼에다 뽀뽀를 요구하기도 한다. 평소 신중하고 조금 무뚝뚝한 이미지의 독일 사람들도 이때만큼은 퍼레이드를 하는 사람들과 구경하는 사람들 모두 재미있게 분장을 하고 흥겨운 음악에 맞춰 맥주를 마시며 웃고 즐긴다. 정치나 사회 이슈를 풍자한 마차들도 눈에 띄는데, 올해는 핵, 테러와 난민 문제부터 독일 총리와 미국 대통령을 놀리는 마차가 화제였다.

저마다 손에는 맥주나 음료수 병이 들려 있고 그것조차 귀찮은 사람들은 목에다 줄을 걸어 맥주잔을 매달고 다닌다. 공룡, 젖소, 경찰, 군인, 슈퍼맨으로 변장한 사람들이 길에서 만나는 사람들과 반갑게 인사하고 건배

한다. 나는 에스키모 옷을 사서 입고 나갔는데, 나를 본 사람들은 인디언 복장이 참 잘 어울린다고 칭찬해줬다. 내가 아는 한 친구는 미처 코스튬을 준비하지 못해 결혼식에 사용했던 한복을 입고 나갔는데, 사람들이 서로 사진을 찍어도 되냐며 난리였다고 한다.

공룡 복장을 입고 사탕 줍기에 혈안인 꼬마와 그 뒤에서 맥주를 마시는 엄마, 친구 여럿이 모여 춤추며 웃고 떠드는 젊은 무리들, 그리고 커플룩으로 귀엽게 맞춰 입고 손을 맞잡은 할머니·할아버지까지, 나이나 겉모습 같은 건 아무래도 상관없다는 듯 함께 어울리는 모습이 참 좋았던 축제였다. 정작 술의 힘 없이는 도통 외향적이 되지 않는 난 이 분위기에 스멀스멀 끼기 위해 맥주를 몇 잔씩 연거푸 마셔야 했지만.

## # 벽에 걸려 있는 우쿨렐레

예전에 인터넷에서 언뜻 이런 글을 본 적이 있다.

유럽에서 중산층의 기준
• 외국어를 하나 이상 구사한다.
• 악기를 하나 이상 다룰 줄 안다.
• 자신 있는 요리가 있다.
...

어렸을 때 엄마는 우리 셋 모두를
피아노학원에 보냈었다.

자— 이제 너희도
다 컸으니
악기 하나씩은
만질 줄 알아야재!

암, 그럼.

오빠는 일찌감치 도망쳐서 다신 돌아오지 않았다.

(나도 그를 따랐어야 했다.)

음악에 재능이 없던 나는

피아노에 재능이 있던 언니와 항상 비교를 당했다.

전날 완벽히 숙제를 다 하고서도

난 오히려 거짓말했다고 꿀밤을 맞기 십상이었고

정작 전날 피아노 근처에 가지도 않았던 언니는

매일매일이 칭찬의 향연이었다.

너무 억울하고 분했던 난

어린 마음에 소심한 복수를 하기도 했다.

그렇게 체르니 100번을 채 끝내지 못하고
결국 학원을 관뒀고
그 후 난 악기와 등지고 살았다.

그러다 얼마 전 충동적으로 우쿨렐레를 샀다.

하아…
너무 귀엽잖아.

갖고 싶다….

내가 상상했던 모습.

비바람이 치던 바다~
다 같이 에브리바디!

멋짐
대폭발

와아아!!

오오오!!

어느 한적한 해변

그러나 현실은 이러하였다.

나 인테리어 소품

우리 집 거실 한구석

# # 일상 어디에든 예술은 있다

파리의 마레 지구를 걷다 보면 어느 순간부터 길 양쪽으로 이어진 낡은 건물 벽에 그려져 있는 작은 그림들이 졸졸 따라오기 시작한다. 처음에는 신기해서 새로운 걸 발견할 때마다 손가락으로 가리키며 환호했는데, 어떻게 된 일인지 이 조그마한 녀석들이 끝도 없이 나타난다. 정체 모를 외계인 같은 캐릭터와 눈에 띄는 형광 문어 그림을 넌지시 사진에 담기도 하고 골목 어귀에 붙어 있는 다이아몬드 모양의 반짝이는 거울 조각에 슬쩍 얼굴을 비춰보기도 한다. 자칫 산만하고 지저분해 보일 수도 있는 그림들이 콧대 높고 도도할 것만 같던 이 도시를 한결 더 친근하고 사랑스럽게 만든다.

파리, 마레 지구

내가 사는 동네 골목은 시내에서 조금 떨어져 있어 번화한 거리는 아니지만 그 나름의 조용하고 한가로운 매력이 있다. 각기 특색 있고 소박한 모양의 간판들과 이웃집 창문에 슬며시 매달아 놓은 귀여운 장식품 그리고 건물 외벽에 서툴지만 정성 들여 그려놓은 벽화들. 계절이 지날 때면 그 시기에 어울리는 인형으로 세심히 바꿔놓는 상점들. 번쩍이고 세련된 멋은 없더라도 따뜻하고 다정한 온기가 우리 집 거실까지 이어져 있다. 자세히 들여다보면 이토록 우리 일상 어디에든 예술은 있다.

거리 번호판 앞
노란 꽃화분 그림

반만 가리는 커튼에
대롱대롱 매달려 있는 인형

오래된 레스토랑 철제 간판

지금은 겨울이라
북극 콘셉트의 상점

검정 페인트로 칠한 벽

곰인형

원목 테이블

직접 그린
가구 배치도

이번엔
책상을 왼쪽으로
옮기고-

흐음-

심각

세상 진지

볕이 좋은 날이면 그 역할을 톡톡히 하는 커다란 창문들로 가득한 내 방의 왼쪽 벽면 모서리에 충동적으로 까만 페인트를 바르고는 분필로 한 자 한 자 글귀를 적어놓는다. 크기와 색상은 제각각이지만 묘한 조화를 이루고 있다고 믿고 싶은 액자들도 나란히 걸어두었다. 아무도 눈치채지 못하지만 주기적으로 종이에 배치도까지 그려가며 위치를 바꿔주는 책상과 소파, 그리고 아끼는 원목 테이블. 그 아래 의자 구석자리에는 커다란 테이블을 지키고 앉아 있는 때 묻고 낡은 곰인형도 있다.

DIY 가구를 만들어보겠다며 야심 차게 목공소에서 잘라 온 나무판을
단단한 쇠파이프 위에 올려놓았으나 교묘하게 왼쪽으로
조금 기울어져 버린 TV 벽걸이. 그리고 쓰고 남은 좁다란 나무토막에
비뚤비뚤 그린 낙서 같은 그림들.

왼쪽으로 (약간) 기울어진 TV 벽걸이

덕분에 같이 기울어져 버린
나와 내 척추

아악
나 버리려고?!

술 먹다
친구가 깨트린 화분

나무판 낙서

DIY 가구의 꽃
시멘트로 만든 수제 인자
(너무 낮아서 안 씀)

제이미의 치킨집 오픈 기념으로 선물했던 대형 그림 액자는 안타깝게도 반년 만에 가게 문을 닫는 바람에 도로 집에 들고 왔고, 걸어둘 데가 마땅치 않아 결국 현관문 옆에다 걸어두었다. 현관문 바로 옆에 위치한 부엌에 붙어 있는 칠판에 그렸던 어릴 적 내 모습은 진작에 듬성듬성 지워져서 흔적만 남았고, 맞은편 냉장고 문에는 스페인에서 여러 가게를 들러 신중하게 골랐던 알파벳 문양 타일들이 친구가 준 종이 자석 덕분에 떨어지지 않고 잘 붙어 있다.

냉장고에 붙어 있는 스페인 타일

치킨집에 선물했던
그림 액자

누군가는 전혀 일관성도 없고 세련되지 않다고 여길 수 있다. 그렇지만 이런 작은 정성과 저마다의 마음이 만들어낸 것들이 모여 일상을 그럴듯한 예술로 만들어준다. '예술'이 사람들에게 감동을 주고 행복하게 만드는 것이라고 한다면 그런 의미에서 우린 모두 '예술가'라 불려도 충분할 듯싶다.

# # 행복할 때 유독 티가 나는 (가짜 친구)

그 애는 말이야…
내가 힘들 때마다
항상 옆에 있어 주는 정말
고마운 친구라고 생각했거든.

그런데 지금 이렇게 되고 나서
생각해보니깐…
정작 내가 정말 행복할 때나
좋은 일이 있을 땐
축하한다고
연락 한 번 없더라고….

하루는 친구가 조금 기운이 빠진 목소리로 나에게 말했다.
어릴 적부터 십여 년을 허물없이 가깝게 지낸 친구가 요즘 아예
연락이 안 된다는 거였다. 그녀의 애기를 찬찬히 다 듣고 나서
처음엔 '설마…'라는 생각이 들었다. 행여 네가 너무 예민하게
받아들이는 거 아니냐고, 일주일에 한두 번은 볼 만큼 누구보다
친했던 친구가 그럴 리가 있겠냐고 고개를 가로저으며 말했다.

그런데 듣고 보니 그게 아니었다. 그 통화 이후 곰곰이 생각해보니

나에게도 딱 그런 친구가 있었던 것이다.

내가 한 농담에 사람들이 한바탕 웃으며 재밌다고 할 때

옆에서 지루하다는 듯 하품을 하며 괜히 다른 화제로 돌리고

누군가 내가 추천한 영화를 보고 참 좋았다는 칭찬을 하는데,

자기도 그 영화를 봤는데 이러이러한 점에서

사실 좋은 영화라고 볼 순 없다며 찬물을 끼얹었다.

재작년인가 한국에 왔을 때 오랜만에 그 친구를 다시 만나게 되었다.
커피 한 잔씩을 앞에 두고 앉아 그동안 외국에 살면서 나름 힘들고
서러웠던 일에 대해 허심탄회하게 털어놓았는데
왠지 통쾌하다는 표정을 지으며 말했다.

ㅋㅋㅋㅋㅋㅋㅋㅋㅋ
뭐야— 난 또 네가 외국에 산다고
엄청 즐겁고 신나는 줄만 알았더니—
뭐, 나보다 나은 것도 없구먼.

(…뭐지, 이건!
굉장히 즐거워 보이는 이 느낌은!)

아이고 배야—

솔직히 지금은 이런 일에 그리 개의치 않는다.
나와 관계의 결이 너무 다른 사람에게는
더 이상 마음과 정성을 쏟지 않기로 했다.
나에게는 작은 일 하나에도 자기 일처럼 기뻐해주고 더 좋은 일이
많이 생길 거라며 축하해주는 소중한 인연들이 있으니깐.
난 그저 진심을 다해 서로를 대하는 그들과의 관계를
단단하게 부여잡으면, 그러면 된 거다.

열심히 글 쓰는 중

흠—

있잖아—
이러이러한 친구를
독일어로 뭐라고 그래?

급 호기심

(그런 단어가 있음?)

궁금

당황

...으응?!!
엄... 엄...

맞다, 있지!!
'가짜 친구'!!
(falsche Freunde)

(...니가 방금
지어낸 거 같은데...)

끄응

위풍당당

역시 나란
사람이란, 훗

# 없으면 이내 보고 싶은

어렸을 때 언니는 식욕이 남다르게 왕성했다.

냠냠

(귤박스 통째로 안고 먹고 있음)

헉?!!!

그 많던 귤이
다 어디 갔겨?!

엄마, 엄마—
내 손이 노랗게 변했오.

천진난만

에헤헤헤헤

딸이 잘 먹는 모습이 마냥 좋았던 아빠는 퇴근길이면
그 당시 물가치곤 비싼 편이었던 바나나를 봉지째로 사 오곤 했다.

그래서일까,
언니는 우리와(쌍둥이) 한 살밖에 차이가 나지 않았지만
언제나 머리 하나가 더 컸다.

처음 집에서 꽤 먼 거리의 고등학교에 가게 됐을 때 모든 게 낯설고 긴장되던 나에게 같은 학교를 다니고 있던 언니는 유일하게 의지할 수 있는 존재였다. 새 학기가 시작되고 한참 동안을 나는 점심시간마다 언니네 반으로 올라가 같이 밥을 먹곤 했는데, 이미 여러 명의 친한 친구들과 함께 둘러앉아 점심을 먹는 언니의 모습은 그 누구보다 든든했다.

스무 살이 되던 해, 나와 언니는 생애 처음으로 단둘이서 배낭여행을 떠났다. 런던에 도착한 첫날 이미 해가 어두워진 저녁, 숙소로 가는 지하철에서 언니와 나는 커다란 짐가방을 옆에 두고 잔뜩 긴장한 상태로 지하철 손잡이에 매달리듯 서 있었다. 하필 유일하게 함께 타고 있던 불량스러워 보이는 한 영국인 무리가 우리에게 시비를 걸며 장난을 치기 시작했고 그날 밤 숙소에 도착한 언니는 엄마와 통화하며 대성통곡을 했다. 안타깝게도 첫 배낭여행에 대한 언니의 불타오르던 의욕은 그렇게 남김없이 사라져 버렸다.

• 그날 이후 •

휴우
(힘없음)          시무룩

언니!
거기 딱 서봐 봐—
자, 하나, 둘, 셋!

…그래
가야지….

터덜
터덜          휴—

다음 장소는
골든브릿지야.

여기서 15분 걸려서—

• 오후 다섯 시 •

(저녁은 또
햇반에 김치인가요…)

렛츠고!

어이쿠 벌써
다섯 시네?!

늦었으니
어서어서 집에 가자.

가장 쌩쌩해지는 순간

매일 밤 언니는 잠들기 전 침대에 누워 뭔가를 열심히 쓰곤 했는데,
하루는 아침을 먹고 언니가 샤워하러 들어간 사이 별생각 없이
언니 몰래 노트를 펼쳐봤다.

그렇게 숨이 턱턱 막히는 시간이 지나고 마지막 여행지였던 일본에서
합류하기로 했던 엄마를 도쿄 공항에서 만나기로 한 날이었다.
서서히 입국장 문이 열리고 엄마는 마치 영화 속 한 장면처럼
우리에게(정확히 말하면 언니에게로) 달려와 언니를 버럭 껴안았다.

엄마는 그동안 우리가 오지에서 굶기라도 했을까 봐 걱정이 되었는지(사실 맥도날드만 갔다) 삼단 도시락에 엄마표 반찬들로 가득 채워서 들고 왔다. 11시가 넘은 늦은 밤, 도쿄의 작은 호텔방에서 우린 마치 소풍이라도 온 것처럼 신나 하며 바닥에 동그랗게 둘러앉아 모처럼 맛있게 밥을 먹었다. 그때 엄마의 도시락은 그동안 먹은 요리들과 비교가 안 될 정도로 눈물 나게 맛있었고 오랜만에 활짝 웃고 있는 언니의 편안한 모습을 보니 여행 내내 찌푸렸던 내 마음도 금세 밝아졌다.

# # 안달하지 않아도 어른이 돼

초등학교에 입학하고 나서부터 새 책이 나올 때면 한 권씩 소중히 사다 모으던 『꼬마 니콜라』란 책이 있다. 얼마 전 서점에 들렀다가 특별 에디션으로 나온 제법 두꺼운 빨간 양장본 책을 발견하고는 반가운 마음에 펼 쳐보았다. 특히 기억에 남았던 에피소드는 어느 날 갑 자기 안경을 끼고 나타난 클로테르 때문에 온 학교가 떠들썩하게 난리가 난다는 내용인데, 어렸을 때 나도 비슷한 경험이 있었다.

자—
이게 먼지 보이니?

나도 안경 쓸 거야.

부비적부비적

...

어른이 된다는 건 한 살 더 나이를 먹어간다는 단순한 사실일 뿐만
아니라 스스로 선택하고 결정해야 할 일이 많아진다는 걸 의미한다.
물론 그에 따른 책임도 오롯이 본인 몫이라는 것도.

웩—
이 맛도 없는 걸
왜 마시는 거지?!

에잇— 모르겠다.

크윽—

술은 어른(=나)한테
배우는 거.

호호~
천천히 마셔.

당시 고1    술스승 언니

스스로 선택한다는 것.

긍정적으로 생각해보면 술, 담배처럼 성인이 되고 나서
부터 비로소 온전히 허락되는, 제법 멋진 행위일지 모
르지만 동시에 굉장히 힘들고 괴로운 순간이 되기도 한
다. 선택되지 못하고 남겨진 다른 것에 대한 미련과 후
회를 홀로 감당하면서, 뚜렷한 결정을 내렸음에도 불구
하고 여전히 흔들려서 혼란스럽기도 하다.

나에게도 매번 선택의 순간은 항상 거대한 고민의 연속
이었다. 한번은 이런 상상을 했던 적도 있다. 어딘가에
모든 걸 꿰뚫고 있는 전지전능한 시스템이 다양한 선택
의 예상 결과들을 뽑아서 완벽하게 분석한 후 선택은
바로 이거라고 말해준다면 어쩌면 삶은 한결 쉽고 편해
질 것 같은데, 라는 어처구니없는 생각.

수년간 다녔던 회사를 관두고 스페인으로 가겠다고 부
모님에게 선언할 때, 뜬금없이 독일로 가게 됐을 때, 그
리고 최근까지 한국으로 돌아갈지 아니면 독일에 남아
있을지에 대한 선택을 해야 할 때, 내 머릿속은 복잡하
고 어지러운 시나리오로 가득 차 있었다. 이상하게 '만
약 내가…'로 시작되는 이런 부류의 생각은 끝도 없이
물고 늘어지며 결국에는 한껏 우울하고 부정적인 결론
에 도달하게 된다. 무한대로 펼쳐지는 상상 속 미래의
나는 그 어떤 선택을 하더라도 되려 '내가 어떻게 이걸
할 수 있겠어…' '그래, 나한테 이건 좀 무리지…' 하며
고개를 내젓고 있는 것이다.

우리는 모두 살아가면서 무게의 정도는 다르지만 어느 것 하나 쉽지 않은 선택들을 마주할 수밖에 없다. 그런데 돌이켜보면 아무리 머리를 붙잡고 고민해본들 어차피 완벽한 선택이란 애초에 없다. 그렇게 혼자서 아직 일어나지도 않은 일을 미리 걱정하고 앉아 있을 시간에 뭔가 작은 것 하나라도 일단 저질러보는 게, 직접 몸으로 부딪혀보는 게 아이러니하게도 결국 가장 쉽고 빠른 길이었다. 막상 하고 보면 두렵고 막막하게만 느껴졌던 것이 실제로 그 정도까지 힘든 건 아니란 걸 알게 된다.

지금도 만약 나 자신이 마음에 들지 않고 행복하지 않다는 생각이 든다면,

밤마다 침대에 누워 어떻게 할지 고민만 계속하고 있다면,

일단 정말 작은 것부터 시작해보자. 지금 당장!

# Chapter 2

# 그래도 여행을
# 떠나야 하는 이유

다 끓었나?

호호호, 미안!

응, 뚜껑 좀
열지 말아 줄래.

천천히 해요.
호호호ー

이런, 불이 너무 약한걸.
이럴 땐 부채질이 딱이지!!

상남자

# # 수영 후에 먹는 라면이란

적당히 낡고 찌그러진 노란 양은 냄비를 볼 때면 그렇게 난 라면이 먹고 싶어진다. 특히 TV에서 젓가락으로 꼬들꼬들한 라면을 한 움큼 건져 왼손에 들고 있던 뚜껑 위에 올려 후루룩 삼키는 장면을 보는 날이면 어느새 부엌에서 가스레인지 불을 켜고 있다. 초등학교 5학년 때쯤이었나, 하루는 수업이 끝나고 친구가 정말 맛있는 라면집을 발견했다며 같이 가자고 했다. 그곳은 생각보다 거리가 꽤 멀었는데 한참을 좁은 골목골목을 헤매고 나서야 겨우 분식집을 찾을 수 있었다. 이미 배가 고플 대로 고팠던 우린 자리에 앉자마자 떡라면 두 개를 주문했다. 얼마 후 사장님이 양은 냄비에 끓인 떡라면과 단무지 몇 점이 가지런히 놓여 있는 작은 종지를 담은 쟁반을 들고 왔고, 난 속으로 '와, 여기 진짜 맛집이다!' 하고 감탄했다. 하지만 결론부터 말하면 그 라면 맛은 기대만큼 맛있지 않았다. 아니, 적어도 내 라면 취향은 아니었다.

이건 양은 냄비에 대한 모욕이라고!

흠-
아냐,
이 맛이 아니야….

절레절레

이번 여행 멤버의 조합은 평소와 조금 달랐다.

제이미 엄마    제이미

나    조이

스페인 남부에 있는 도시 세비야에서 일박을 한 후, 우리 넷은 렌트한 차를 타고 두 시간 거리에 있는 '론다'에 들르기로 했다. 제이미가 운전을 맡고 난 조수석에 앉아 졸음 방지를 위한 수다와 내비게이션 역할을 하기로 했다. 론다로 가는 길 동안 오른쪽 뒷자리에 앉은 제이미 어머니는 연신 창밖을 보며 감탄사를 내뱉었다.

쿨-

어머낫, 저기
소나무도 너무
멋있다, 얘!!!

어머멋!
저 올리브나무 좀 봐!!
어쩜 저렇게
많이 심었대-.

내 눈엔 그저 수풀과 나무들이 드문드문 있는 평범한 들판이었는데, 몇 번이나 되풀이해서 말하며 좋아하는 아주머니를 보니 문득 머릿속에 우리 엄마가 떠올랐다.

'엄마도 그전에 여행 갔을 때 저렇게 나무랑 꽃들 보면서 엄청 좋아했었는데…….'

우리가 말라가로 향하는 길에 정반대 방향에 있는 '론다'로 향한 이유는 아름다운 구시가지와 유명한 누에보 다리를 보기 위해서이기도 하지만 무엇보다 '고양이 동굴(Cat's Cave)'이라고 불리는 계곡에 가고 싶어서였다. 좁은 목조 다리를 건너 물줄기를 따라서 걷다 보면 새들이 다닥다닥 붙어 있는 높다란 암벽에 둘러싸인 작은 계곡이 모습을 드러낸다. 빛나는 크리스털 색상의 물은 바닥이 훤히 보일 정도로 투명하고 푸른 잎으로 우거진 나무 틈 사이로 툭툭 하고 폭포 소리가 옅게 들린다. 유명한 관광지는 아니지만 오히려 가족과 친구들끼리 피크닉하기에 딱 좋은 아늑한 장소다.

하지만 여름이 지난 9월 말의 날씨는 제법 서늘했고 암벽 위에서부터 내려오는 계곡물은 얼음처럼 차가웠다. 게다가 우리가 도착한 날에는 동굴 안으로 통하는 길이 공사 중이어서 막혀 있었다. 아쉽지만 나는 계곡물에 발이라도 담가볼 심산으로 조심스레 오른발을 내밀었는데, 이미 두 사람은 물속으로 거침없이 들어가고 있었다.

가뜩이나 추위라면 질색하는 내가 이 차가운 물속에 들어간다는 건 말도 안 되는 일이었다. 겨우 발바닥만 슬쩍 담그고는 커다란 돌 위에 우두커니 서서 신나게 수영하고 있는 그녀들을 물끄러미 바라보았다.

어쩌다 보니 사진 기사가 돼버린 나와 아주머니는 돌 위를 뛰어다니며 혼신을 다해 물에서 놀고 있는 그녀들을 찍었고, 잠시 후 아주머니가 핸드폰을 끄며 말했다.

"자, 그럼 우린 슬슬 나가서 컵라면이나 끓여볼까. 쟤네 둘은 조금 더 놀게 두고."

한 폭의 그림같이 빛나는 계곡의 풍경에서 개구리처럼 퐁당거리며 장난치는 그들을 부러움 가득한 눈빛으로 쳐다봤지만 도저히 물에 들어갈 자신이 없었다. 이럴 때 눈 한번 질끈 감고 물속으로 첨벙 뛰어드는 무모함과 대범함이 나에게 있다면 얼마나 좋을까. 그나마 나에게 작은 위로가 되어준 건 저 멀리 건너편에서 한참 동안 몸을 풀며 서 있다가 유유히 떠난 빨간 수영복의 아저씨였다.

바위 뒤편에서 조용히 컵라면에 물을 부은 다음 수프를 털어 넣는데, 갑자기 아주머니가 소리쳤다.

시간이 지나 물에서 나온 그들은 오들오들 떨며 남은 물기를
대충 수건으로 닦고는 설레는 표정으로 라면을 한입 크게 먹었다.

인생 라면이 될 뻔했는데……

평소 내가 만든 음식들 중 제일 맛있다고 평가받는 요리가

바로 라면이었고, 그 비밀 레시피는

사실 맵짠의 끝판왕이었던 것이다.

# 내가 가장 잘한다는 '라면' 레시피

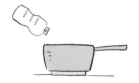

1. 한 개 기준 물은 라면 뒷면에
적힌 정량보다 조금 적게 넣는다.

2. 물이 끓기 전 수프와 야채 분말을
먼저 넣는다.

3. 물이 끓으면 잘게 썬 청양고추,
고춧가루 조금, 후추와 식초를
한두 방울 넣고 계란을 먼저 넣어
어느 정도 익힌다.(계란을 익히지 않으면
국물이 탁하고 싱거워진다.)

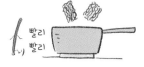

4. 반으로 쪼갠 면을 넣고
파도 송송 썰어 넣는다.

5. 꼬들꼬들한 면발을 위해
젓가락으로
몇 번씩 면을 들어 올리면서
조금 더 끓이다가 라면이 완전히
익기 전에 과감히 불을 끈다.
(먹는 동안 면이 너무 퍼져 버리는 걸
방지하기 위해서)

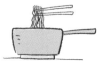

6. 작게 자른 김을 솔솔 뿌려서
맛있게 먹는다.
(취향에 따라 생략 가능)

다시 말라가로 가는 길, 머리 너머 아주머니는 여전히 기다란 초록빛의 올리브나무들을 보며 연신 멋있다고 감탄을 했고, 나는 차에서 흘러나오는 노래를 들으며 멍하니 앞에다 시선을 두었다. 언제부터일까. 너무 멋지고 아름다운 곳에 가거나 새롭고 맛있는 걸 먹을 때면 한 번씩 마음 한구석이 시큰거린다. 아마도 그건 두고 온 마음의 애틋함 그리고 미안함 때문일지도 모른다.

정신없이 프라이팬에 뭔가를 볶고 속이 깊은 냄비 안을 확인하는 엄마, 밥상까지 말끔하게 닦고 나서야 휴우 작은 숨을 내쉬며 앞치마 끈을 푸는 엄마, 얼마 지나지 않아 또 베란다에서 청소기를 들고 나오는 엄마, 조카가 잔뜩 어질러놓은 장난감들을 하나하나 허리를 굽혀 줍는 엄마, 그리고 얼마 전부터 새로 시작한 요가 수업이 무척 마음에 든다며 시작하기 훨씬 전부터 설레는 얼굴로 집을 나서는 엄마.

...
울 엄마도 같이 왔으면
참 좋았겠다.

# # 그곳에 남아 있던 건

"아빠는 걷는 게 참 좋다. 걸으면 기분이 좋아지거든."
재킷을 입고 나갈 준비를 하면서 아빠가 말했다. 그래서일까, 아빠는
회사에 갈 때도 한참을 걸어야 하는 지하철을 타는 걸 좋아했다. 급하
게 서두를 필요 없이 넉넉히 시간 여유를 두고 나가 팔을 조금씩 앞뒤
로 흔들며 한 발자국씩 앞으로 나아간다. 그러다 적당히 앉을 만한 곳
이 보이면 잠시 쉬어가기도 하면서. 그렇게 천천히 걷는 게 무슨 운동
이 되냐고 생각할 수도 있지만 아빠에게는 무리하지 않으면서 기분이
좋아지는, 아주 적당한 속도일 테다.

나도 여행할 때는 되도록 걷는 걸 선호한다. 지하철이나 버스 안으로 들어가 버리면 행여 마주할 수 있는 많은 순간들을 놓칠 것 같아 웬만하면 그냥 또 걷는다. 점점 다리가 무거워지고 뻐근하다 싶으면 나도 아빠처럼 길가의 벤치나 카페에 들러 잠시 쉬었다 가면 그만이다. 혹시 유럽의 도시를 여행한다면 오래전 풍경을 그대로 간직하고 있는 구시가지는 정말 두 발로 타박타박 걸어야 한다. 구시가지 특유의 거뭇해진 건물들과 여기저기 금이 가고 깨진 돌담 위에 오래전 누군가 공들여서 만들어놓았을 조각들, 좁은 골목을 비추는 운치 있는 가로등, 그리고 그 불빛 아래 그제야 눈에 들어오는 나무 간판들을 찬찬히 살피며 감상할 수 있다. 울퉁불퉁한 돌바닥을 조심스레 따라가다 보면 골목 모퉁이에는 어김없이 작지만 따뜻한 선술집들이 자리 잡고 있다.

저마다의 멋과 특색이 있겠지만 나에게 가장 기억에 남는 올드 타운을 꼽으라면 망설임 없이 '브레멘'이라고 말할 것이다. 사실 브레멘은 친한 친구 남편의 고향이기도 해서 같이 두 번인가 방문한 적이 있다. 그땐 대부분 집에서 사람들과 시간을 보내느라 정작 밖은 잠시 둘러본 게 전부였고 별생각 없이 '아, 예쁘네…' 생각하고는 집으로 돌아왔었다.

하지만 이번 여행은 달랐다. 브레멘에서 태어나 자랐고
역사를 공부한 친구의 회사 동료 K에게서 다양한 에피
소드와 관련된 이야기를 듣고 있자니 과연 내가 예전에
이곳을 왔던 게 맞나 싶을 정도로 모든 게 처음처럼 새
롭게 보였다.

한국에서도 친숙한 브레멘은 당나귀, 개, 고양이, 닭으
로 이루어진 네 마리의 브레멘 음악대란 동화의 모티브
가 된 도시이다. 구시가지 광장에 있는 성 베드로 성당
앞에 이 동물들이 서로의 등 위에 올라타 있는 조각상
이 있는데, 여느 유명한 장소와 마찬가지로 행운을 바
라는 관광객들의 손길이 타서 머리와 다리는 이미 누렇
게 변해 있었다.

기다리는 사람들이
많아서 슬쩍 옆에 서서
사진을 찍었다.

슥슥

빨리빨리!

예전에 왔을 때도 이 조각상 앞에서 사진만 찍었던 기억이 있다. 별다른 의미는 없지만 그래도 기념으로 앞에서 사진을 한 장 찍고 있는데 그녀가 말했다. 사람들은 잘 모르는, 동물 음악대가 숨어 있는 또 다른 장소가 있다고.

그녀가 설명해준 대로 따라간 좁은 길 옆 구석진 곳에는 정말 음악대 조각상이 있었다. 수제 사탕 가게 벽면을 따라 일곱 명의 게으른 형제들이란 문구와 함께 누워 있는 사람들의 조각이 새겨져 있고, 그 위로 기다란 쇠막대기에 아슬아슬하게 네 마리의 동물들이 서 있었다.

그런데 이상했다. 뭔가 빠진 것 같은 이 허전한 기분은 뭘까. 자세히 보니 마지막 줄에 있어야 할 닭은 온데간데없고 대신 네모난 안내문이 붙어 있었다. 사람들이 닭만 계속 훔쳐 가는 바람에 하는 수 없이 다른 곳에 닭을 안전하게 보관 중이라는.

와아－
사탕 사주세요!!

그러고 보니
닭 다리만
남아 있네….
(몰랐으면 신경도
안 썼겠지만)

혼자 슬며시 웃으며 고개를 끄덕이고는 그녀가 추천한
수제 맥줏집으로 향했다.
어두컴컴한 입구 한쪽 벽면에 커다란 맥주 드럼통 그림과 함께
커다랗게 적혀 있는 문구가 이미 예사롭지 않다.

Heute wird bekannt gemaket,

Daß keiner in die Weser kacket,

Morgen wird gebraut!

(해석 : 내일 맥주를 만들 예정이니, 오늘 누구도 베제강에 똥을 싸지 마시오!)

다른 독일의 도시와 마찬가지로 브레멘에도 유명한 맥
주 '벡스(Beck's)'가 있다. 지금은 브레멘의 술집이나 레
스토랑을 가면 대부분 이 맥주를 팔지만 예전에는 규모
가 크지 않은 수제 맥주 양조장들이 많이 있었다고 한
다. 이곳도 '슈팅거(Schüttinger)'라는 이름의 양조장 겸
맥줏집인데 30년 전에 만들어진 곳이다. 어두컴컴한 가
게 안으로 들어가니 가운데에 두 개의 커다란 맥주 양
조 탱크가 있고, 나무통으로 만든 테이블들과 동그랗고
작은 나무 의자들이 둘러싸고 있었다.

벽마다 달려 있는 녹슬고 오래된 쇠 장식들 때문인지 마치 중세시대 어느 골목 어귀에 자리 잡은 선술집 문을 열고 들어온 듯한 묘한 기분이 들었다. 이곳에서 직접 제조하는 헬레스 맥주와 레드 에일을 굳이 벡스 맥주와 비교하자면 향긋한 과일 향과 고소한 맛 그리고 조금 씁쓸하면서 묵직한 목 넘김이 근사한 수제 맥주이다. 한 가지 아쉬움이 있다면 막 정오가 지난 이른 시간이라 한두 잔을 더 마시고 싶은 충동을 꾹 눌러야 했던 것.

딱 한 잔만 더 마시자!
언제 또 여기 와서
수제 맥주를 마셔보겠어.
호호호호

글쎄, 우린 이성적인 사람이니까
게다가 아직 오후도 안 됐고.
술 마시고 또 시뻘게진 얼굴로
돌아다니려고, 쯧쯧

예전에는 단체로 관광버스에서 우르르 내려 사진을 찍고 투어가이드를 따라 줄지어 다니는 사람들을 보면 조금 안타까운 생각이 들곤 했다. 그보다는 날것 그대로의 낯설고 새로운 장소의 매력을 직접 두 발로 걸으며 그대로 보고 느끼는 게 더욱 의미 있고 진짜 경험을 하는 거라고 생각했다. 힘이 더 들고 쓸데없이 시간을 낭비하게 되더라도 아무런 정보 없이 무턱대고 찾아가 부딪히는 여행을 고집했었다.

물론 계획 없이 떠나는 즉흥적인 여행도 충분히 낭만이 있고 매력적이다. 그런데 때로는 조금만 배경을 알게 돼도 전혀 다른 풍경이 보인다. 낡은 담벼락 아래 덩그러니 다리만 남아 있던 닭 조각상이 알려준 또 다른 여행의 방식이었다.

# 옥수탕 이야기

마트에서 장을 보는데 음료 코너에서 낯익은 복숭앗빛
작은 음료를 발견했다. 바로 요구르트였다. 외국에 있
으면 없던 애국심도 생긴다더니 가게에서 우연히 마스
크팩이나 화장품, 라면 같은 한국 제품을 보면 그렇게
반가울 수가 없다. 아직 독일에서는 그리 흔한 일은 아
니라서 그런 걸까. 아무튼 독일 마트에 있을 거라고 전
혀 기대하지 않던 추억의 음료를 발견한 기쁨에 잽싸게
네 개 묶음 팩을 집어 들었다.

옛날 내가 살던 동네에는 '옥수탕'이라는 작은 목욕탕이 있었다. 일요일만 되면 엄마는 우리 셋의 손을 끌고 목욕탕을 갔는데, 그땐 왜 그렇게 싫었는지 항상 안 가겠다고 떼를 쓰다가 아빠한테 혼이 나곤 했다. 연두색 목욕바구니와 수건을 손에 든 채 미닫이문을 열면 제일 먼저 목욕탕 특유의 쿰쿰한 냄새가 반겨준다. 노란 장판 위의 평상에는 항상 서너 명의 아주머니들이 귤이나 계란을 까먹으며 뭐가 그렇게 재미있는지 깔깔대며 웃고 있다. 어쩌다가 아는 친구라도 만나면 어색하게 인사하며 주뼛주뼛 옷을 벗고 목욕탕 안으로 뛰어 들어갔다. 샤워기가 달린 곳이나 작은 탕 주변에 자리를 잡고 앉아 비누 거품을 만들어 대충 몸을 닦고는 탕에 들어갔는데, 물이 너무 뜨거워서 앉기가 무섭게 밖으로 나가려고 하면 엄마는 좀 더 있어야 된다며 내 팔을 꽉 붙잡고 억지로 앉히곤 했다. 얼마 후 엄마는 나를 세워놓고 온몸이 벌겋게 될 때까지 구석구석 때를 밀었고 따가워서 몸을 이리저리 비틀다가 드디어 끝이 나면 상을 받는 것처럼 요구르트를 마셨다. 답답한 목욕탕 밖으로 잠시 나와 시원한 공기를 들이마시며 빨대를 꽂아 쪽쪽 빨아 마시던 그 요구르트는 참 달콤했다. 겨울이면 옷을 입고 벗는 것 자체가 고역이었는데, 아직 채 마르지도 않은 머리를 대충 목도리로 칭칭 감고 집으로 돌아오는 길이면 어느새 내 양볼도 고운 복숭앗빛으로 물들었다.

작년에 터키로 여행을 갔다가 한국처럼 때를 밀어준다는 하맘 사우나에 간 적이 있다. 수영복을 입고 들어가 소금탕에서 몸에 소금을 잔뜩 바르고는 스팀 사우나에 들어갔다. 너무 뜨겁고 숨이 막혀 단 5분도 견디기 힘들었다. 그러고 나서 한국처럼 세신사가 대기하고 있는 곳으로 따라갔다. 나중에 인터넷에 찾아보니 원래는 따뜻한 온돌 같은 대리석 위에 누워서 서비스를 받는데, 내가 간 곳은 가격이 저렴해서 그런지 그냥 한국 목욕탕 같았다. 비닐이 씌워진 매트에 엎드려 있으니 잠시 후 풍선같이 부푼 커다란 자루를 부드럽게 몸에 문지르며 자루 안에 가득한 폭신한 거품을 뿌려주는데, 정말 이때는 구름 위를 둥둥 떠다니는 듯 온몸에 힘이 빠지고 너무 행복했다.

돌아서 눈을 떠보니 날 씻겨주는 사람이 딱 고등학생 나이로 보이는 터키 소년이라는 걸 알게 되었다. 그는 눈웃음이 가득한 웃음을 지으며 능숙하게 (하지만 너무 약하게) 터키식 때수건으로 내 몸을 문질렀지만, 그 후로 난 민망하고 어색해서 눈을 질끈 감고 잔뜩 굳어버린 채 시간이 가기만 기다려야 했던 기억이 있다.

부드러운 거품이 가득 든
커다란 자루로 마사지 중

터키 마사지도 괜찮네!

하아…
여기가 바로
천국인가요….

행복해~

• 잠시 후 •

천진난만하게
눈웃음치는 소년 때밀이

열심

끄응

씨익-
슥슥-

빨리 끝나라~
빨리 끝나라.

부끄

민망

해가 저물고 나른한 저녁, 집에서 작은 욕조에 몸을 반쯤 담그고 요구르트 껍질을 조심스레 뜯어 한번에 들이켰다. 영화에서 보면 이럴 땐 꼭 와인잔을 한 손에 들고 누워 있던데, 요구르트를 대신 마시고 있으니 어렸을 때로 돌아간 것만 같았다. 낮은 플라스틱 의자에 나란히 앉아 어느새 나보다 어깨가 작아진 엄마가 여전히 내 등을 툭툭 치며 돌아앉아 보라고 말하는, 그 목욕탕이 자꾸만 마음에 박히는 뭉근한 저녁이었다.

# # 우린 아무한테나 장소를 알려주지 않아요

이상하다. 아무리 찾아봐도 레스토랑 주소가 나와 있지 않았다. 하는 수 없이 레스토랑에 저녁을 예약하고 싶다는 이메일을 보냈더니 그제야 주소를 슬쩍 보내준다. 도대체 어떤 곳이길래 이렇게 막무가내로 장사를 하나 싶었다. 무엇보다도 요리에 대한 그들의 강한 자신감 때문에 그곳이 너무나도 궁금해졌다.

독일에는 이미 봄이 왔는데, 이 나라는 여전히 세찬 바람에 비까지 내려 머리카락은 이리저리 휘날리고 어깨는 잔뜩 움츠러들었다. 지도에서 검색한 역에서 내렸는데 사방이 어둡고 불이 다 꺼진 공터 한가운데에는 높은 굴뚝밖에 보이지 않는다. 초조하고 불안한 마음을 다잡고 붉은색 벽돌 건물들 사이를 헤매기 시작했다. 주소에 적혀 있던 건물 번호 O를 찾아서.

핸드폰 화면의 불빛에 의지한 채 좁다란 왼쪽 길로 들어서니 그제야 어두컴컴한 건물 외벽에 M이란 글자가 보인다. 다시 방향을 바꿔 오른쪽 담벼락을 끼고 걸어가니 드디어 저 멀리 희미한 불빛이 보였다. 찾았다! 저기인가 보다. 아니, 저곳이어야만 했다. 하루 종일 먹은 거라곤 비행기를 타기 전 빵 한 조각이 전부인데, 온몸은 이미 흠뻑 젖어 솔직히 이젠 그냥 아무데나 들어가고 싶은 마음뿐이었다. 분명 레스토랑인 듯 보이는데 아무 간판이나 이름도 전혀 적혀 있지 않아 계속 문 앞에서 서성였다. 그때 벽에 기대 담배를 피우던 남자가 불쑥 다가와 말을 걸었다.

"혹시 너희가 며칠 전 이메일 보냈어? 여기가 맞아. 얼른 들어와."

우리가 이곳을 흥미롭게 생각하는 것만큼이나 그들도 우리를 신기해하는 듯했다. 그것도 그럴 것이 가뜩이나 레스토랑 위치도 알려주지 않는데, 이곳에 외국인이 일부러 찾아온다는 건 그들에게도 흔치 않은 일이었던 것이다.

안내받은 테이블에 앉아 메뉴를 기다리며 찬찬히 주변을 둘러보았다. 정면으로 보이는 오픈 키친에서는 한 팔에 토시를 낀 것처럼 문신을 한 남자가 프라이팬 손잡이를 잡고 뭔가를 골똘히 요리하고 있고, 그 옆에서 음악에 맞춰 어깨를 들썩이며 열심히 칼질을 하고 있는 여자 셰프도 보였다.

그리 많지 않은 메뉴들 중에 고민하다 우린 겉을 살짝 익힌 소고기를 참깨와 간장, 참기름으로 만든 소스에 버무린 퓨전 카르파치오와 찐 오징어를 올린 먹물 리소토, 그리고 부드럽게 익힌 서양식 배와 구운 파스닙(달콤한 맛 때문에 설탕 당근이라고도 불린)이 함께 나오는 오리 데리야끼 구이와 바삭하게 튀긴 가리비 완자가 들어간 햄버거를 주문했다.

소고기 카르파치오
친숙한 참기름 소스에 버무려
한국 육회와 비슷한 맛이 났다.

오징어 먹물 리소토
애피타이저라고 적혀 있었는데
양이 엄청나서 이미 배가 불러 버렸다.

오리 데리야끼 구이
처음 먹어본 파스닙이
생각보다 너무 맛있어서 놀랐다.

가리비 햄버거
통통한 가리비 살과 사이드로 나온
정체불명의 뻥튀기의 오묘한 조화!

그러고 나서 금세 우린 커다란 고민에 빠졌다.

근데 있잖아,
메뉴에 화폐 단위가
안 적혀 있던데….

물어보기 너무
없어 보이는데….
(개소심)

혹시 설마…
유로는 아니겠지?
(그럼 우린 쪽망임.
낼부터 물만 마셔야 함)

급한 일 생겼다고 나갈까….

근데 이미 만들고
있는 거 같은데….
(조기 문신한 오빠가)

니가 물어봐봐.
(나 그런 말 못 하는 거 알지?)

누가 보면 심각한 비즈니스 협상하는 줄

다 먹고 나서 계산을 할 때쯤에야 메뉴에 적혀 있던 가격이 유로가 아니라 폴란드 화폐였음을 알게 되었고, 우린 놀라움과 기쁨에 그만 소리를 지를 뻔했다. 둘이서 애피타이저 둘, 메인 요리 둘 그리고 와인 한병까지 시켰는데도 다 합해서 4만원 정도의 돈이 나온 것이다. 요즘 한국에서 파스타와 샐러드 하나만 시켜도 이 정도는 내야 하는데 말이다. 게다가 직원들의 서비스나 레스토랑의 분위기, 음식 맛, 어느 것 하나 흠잡을 데 없이 너무 완벽했다. 기분 좋게 팁을 계산하고 문 쪽으로 향하는 우리를 따라 나온 젊은 사장님은 머뭇대다가 옷걸이에서 겉옷을 빼주며 물었다.

그런데 혹시 실례가 안 된다면,
어느 나라에서 왔는지 물어봐도 될까?

자연스럽게 옷걸이에서
우리 옷을 챙겨주는 매너남 사장님

내가 한국 사람인데 독일에 살고 있다고 하자
그는 이제야 궁금했던 게 풀렸다는 표정으로
주절주절 레스토랑에 대해 설명해주기 시작했다.

난 레스토랑이라는 단어 자체가
너무 딱딱하고 격식 있어 보여서 싫었어.
(물어보지 않았음)

그래서 (간판은 없지만)
가게 이름을 '비스트로'라고
지었지.

아, 내가 사장임

여길 찾아오는 손님들이
조금 더 자유롭고 편안한 분위기를
느끼게 하고 싶었거든.
(그럼 찾아오는 길 표시판 좀 부탁합니다.)

훗, 나란 사람

분위기는 누가 봐도 세련된 레스토랑인데,

굳이 가게 이름에 '비스트로(Bistro)'란 단어를 넣었구나.

다시 브로츠와프를 오게 될지는 모르겠지만

어쨌든 우린 다음번에도 새롭고 맛있는 메뉴를 기대하겠다며

인사를 하고 아쉬운 발걸음을 돌렸다.

어쩌면 그는 곧장 가게 안으로 들어가서 직원들에게

우리에 대해 흥분하며 얘기했을지도 모른다.

어김없이 우리가 나가는 길을 잃어버려

그 알파벳들 사이를 헤매야 했던 그 즈음에.

# # 스페인에서 먹은 왕새우 구이

원래 가려고 했던 말라가보다 티켓이 저렴하다는 이유 하나만으로 다시 오게 된 세비야에서의 둘째 날 아침이었다. 눈을 뜨자마자 세수도 하지 않고 대충 옷만 챙겨 입고는 숙소 근처 마트로 향했다. 들어가자마자 우린 약속이나 한 듯 곧장 해산물 코너로 성큼성큼 걸어갔다. 그곳에서 단번에 우리의 이목을 집중시킨 건 바로 독일에서는 찾아보기 힘든, 신선한 (그것도 냉동되지 않은) 왕새우였다. 네 명이서 먹으려면 얼마만큼을 사야 할까 의논하다가 결국 우린 금방까지도 파닥거렸을 것 같은 왕새우 이 킬로와 오징어 한 마리, 그리고 커다란 문어 다리를 손에 쥐고 설레는 발걸음으로 숙소로 돌아왔다.

왕새우          통통한 문어 다리          오징어

문어 다리는 팔팔 끓는 물에 살짝 데쳐 먹기 좋은 크기로 슥슥 자르고 오징어도 얇게 썰어 양파와 파를 넣고 볶았다. 어제 쏟아지는 장대비를 뚫고 찾았던 아시아마트에서 구입한 고추장, 간장, 와사비, 이 세 가지 재료로 금세 초고추장과 와사비 간장, 그리고 오징어 볶음 양념을 뚝딱 만들었다. 우리는 부엌 찬장에서 제일 커다란 프라이팬을 찾아 통 소금을 쫙 깐 뒤 그 위에다 왕새우를 구워 먹기로 했다. 그것도 일어난 지 한 시간도 채 안 된 아침 9시에 스페인 어느 아파트 3층에서.

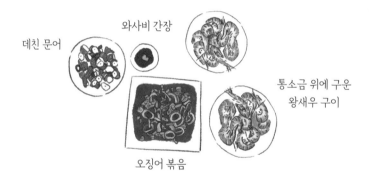

와사비 간장

데친 문어

통소금 위에 구운
왕새우 구이

오징어 볶음

두근대는 마음을 진정시키고 빨갛게 잘 익은 통통한 새우 하나를 골라 머리를 떼고는 새우살이 떨어지지 않도록 떨리는 두 손가락으로 조심스레 껍질을 벗겼다. 너무 바싹 구워져서 잘 벗겨지지 않는 새우는 아예 통째로 입안에 넣고는 우걱우걱 씹어 먹었다.

집중해,
이 자식아!

덜덜      신중

하지만 접시에 하나둘씩 껍질이 쌓여갈수록

고소하기만 했던 그 맛도 점차 비리게 느껴졌고,

어느새 대충 껍질을 벗겨 한입 베어 물고는 내버리게 되었다.

잔뜩 욕심을 부렸지만 절반도 채 먹지 못하고 결국 남겨버렸다.

독일에 있을 때는 일부러 검색까지 해서

군침을 삼키며 한참을 보곤 했던,

이번 스페인 여행에서의 가장 기대했던 그 왕새우였는데 말이다.

남은 건
간식처럼 차에서
먹지 뭐—

으응…
맛있겠다.

후다다닥—

내가 다
까놨어, 얘!

이미 달아나는 중

호호호호

(날도 더운데….)      (벌써 비림)      헉!

어쩌면 사람과의 관계도 마찬가지인 것 같다.

처음에는 같이 있는 것만으로도 마냥 설레고 좋기만 했는데,

시간이 지나고 서로 익숙해지면 '편하다'는 핑계로 둘러대며

소홀해진 마음을 당연한 걸로 여기게 된다.

야, 내 맘
몰라?!

우리 사이에 그걸
꼭 말해야 알아?

알잖아,
나 표현
못 하는 거….

…
어, 미안.
독심술을
못 배워서….

괜히 소심한 사람이 돼버림

오늘은 잊지 말고 이 말을 건네야겠다.

작고 사사로운 일 하나에도 어쩌면 그리 잘하느냐고 칭찬도 해주고

나란 사람을 일일이 맞춰주는 게 피곤하기도 할 텐데

한결같이 내 곁에 있어 줘서 고맙다는 말도, 이번엔 꼭 해야겠다.

새삼스럽지만 표현하지 않으면 언젠가는 스멀스멀 사라져버릴지도 모를

모든 소중한 인연들에.

# # 어니언 수프보단 마제 소바

엄마를 다시 만난 건 약 8개월 만이었다. 뮌헨에 살고 있을 때 엄마가
이모와 함께 유럽 패키지여행을 왔는데, 독일에서 멀지 않은 잘츠부르
크에서 일박을 하는 일정이 포함돼 있었다. 이틀간의 짧은 시간이지만
보고 싶었던 엄마를 만나기 위해 난 뮌헨에서 잘츠부르크로 가는 기차
에 올라탔다. 엄마와 일행들을 만나기로 한 장소는 잘츠부르크 시내의
한 중국 음식점이었다. 이윽고 커다란 버스가 음식점 앞으로 천천히 들
어오더니 등산복을 입은 한국 아주머니들이 차례로 내리기 시작했고,
중간쯤에서 고개를 돌려 날 찾고 있는 엄마와 이모를 발견했다. 여기에
서 엄마를 만나게 될 줄이야! 엄마는 활짝 웃으며 나를 향해 총총걸음
으로 달려왔고 옆에 있던 이모는 안 본 새 살이 빠졌다며 나이가 좀 들
어 보인다고 칭찬을 했다.

왜 이렇게 안 오지?
은근 어색하려나….
헤헷
초조
두근두근
꼼지락
생각보다 일찍 도착해서 한 시간 넘게 기다리는 중

혁, 저 커다란 머리는… 딸아!!!

너무 배가 고팠던 우린 일단 뭘 좀 먹은 다음 그동안 못 했던 애기를
나누기로 하고 하나씩 나오고 있는 음식들을 기다리고 있었다.
그런데 어떻게 된 일인지 중국 음식점의 옆 테이블에는 음식이
나오기도 전에 이미 한국 반찬들로 칠첩반상이 차려져 있는 것이다.

자—
그럼 슬슬 세팅해볼까.

헉!

뒤적뒤적

마법의 가방
(끝도 없이 나옴)

멸치볶음   장조림   무말랭이

김

콩조림   진미채 무침   깻잎

칠첩반상 완성!

레스토랑은 금세 한국 음식 냄새로 가득해졌고
마법의 배낭을 잠그면서
옆 테이블의 아주머니는 성에 차지 않는 듯 말했다.

그때 엄마와 이모의 배낭 안에도 작은 양반김과 기내식에서 받은 고추장 튜브가 있었지만 결국 꺼내지 않았고, 그날 점심에 먹은 음식들은 지금도 기억에 남을 만큼 맛이 없었다.

퀼른에서 차로 네 시간 반을 운전해서 도착한 첫날 우린 프랑스에서 소울 푸드라고 불리는 어니언 수프를 먹으러 갔다. 예쁜 파스텔 색상의 작은 냄비 안에는 버터에 오랜 시간 볶았을 달콤한 양파의 향으로 가득했고, 그 위로 진득한 치즈가 절묘하게 스며들어 있었다. 바삭한 바게트를 조금 뜯어 짭조름한 치즈에 푹 담갔다 먹었더니, 그제야 아, 드디어 파리에 왔구나 하는 느낌이 확 들었다. 우리에게 얼큰한 된장찌개나 김치찌개가 그러한 것처럼 많은 프랑스인들이 몸이 안 좋을 때나 추운 겨울 속을 든든하게 채워줄 음식으로 어니언 수프를 떠올리는 이유를 알 것 같기도 했다.

어니언 수프

하지만 지금 이 글을 쓰면서도 가장 생각나고 입안에 침이 고이게 만드는 건 파리의 라멘집에서 먹은 마제 소바이다. 음식점 앞에는 이미 기다란 줄이 늘어져 있어서 삼사십 분쯤 기다리고 나서야 2층 작은 테이블에 앉을 수 있었다. 한참 메뉴판을 보다가 옆 테이블에서 맛있게 먹던 직화 불향이 가득한 작은 돼지고기 덮밥과 한국에서 한 번 먹어본 적이 있는 마제 소바를 시켰다. 쫀득한 면발에 부추와 파, 양념된 돼지고기 고명을 잘 섞어서, 함께 나온 김을 작게 뜯어 싸 먹으니 고소하면서도 달짝지근한 감칠맛이 입안에 가득히 번졌다. 원래 한국에서 먹었던 마제 소바 위에는 탱글탱글한 계란노른자가 올려 있었는데, 생계란을 좋아하지 않는 이곳 사람들의 입맛을 배려했는지 삶은 계란 반쪽이 대신 놓여 있었다. 같이 시킨 덮밥을 남은 소스에 쓱쓱 비벼 먹고 나니 어느새 그릇은 파 한 점 없이 깨끗하게 비워졌다. 치즈의 풍미가 가득했던 어니언 수프도 물론 좋았지만 정작 파리에서 내 입맛을 사로잡은 건 바로 라멘이었다.

직화 돼지고기 덮밥

마제 소바

외국으로 여행을 가면 아무리 입에 안 맞고 느끼하더라도 꾹 참고
현지 음식을 그렇게 고집하던 때가 있었다. 얼큰한 국물과 고슬고슬한
쌀밥이 먹고 싶단 생각이 간절해도 이 먼 곳까지 왔으면
평소 먹기 힘든 여기 음식을 먹는 게 세련된 거라고,
진정 즐기는 여행이라고 생각했다.

와아…
이 스테이크
너무 부드럽다.

내일 아침은
빵과 치즈…

맞다!
점심은 크림소스
파스타 먹기로 했지.

(너무 좋아서 울고 있음)

하지만 이제는 전혀 다르다. 지금은 여행을 가기 전 짐을 싸며 꼭 챙기는 게 라면 한두 개와 작은 통에 담은 매운 고춧가루이다. 여행을 가서도 이틀에 한 번 정도는 스시가 됐든 덮밥이 됐든 꼭 밥을 챙겨 먹으려고 한다. 물론 그 지역에서만 먹을 수 있는 전통 요리는 여건이 되는 한 최대한 먹어보려고 하지만 매번 몸과 마음이 힘들 정도로 퍽퍽한 빵과 느끼한 치즈, 버터 향이 가득한 소스가 듬뿍 올려진 요리를 고르지는 않는다.

역시 여행엔
컵라면이지!!

캬아~
이 얼큰한 국물!

두근두근

(3분아~ 빨리 지나가라.)

분명 이제껏 경험하지 못했던 새로운 것들을 보고 듣고 배운다는 건 여행이 주는 큰 이점이 확실하지만 여행 자체에 너무 진지한 의미를 부여하지 않으려고 한다. 진정 즐겁고 맛있다면 아무래도 괜찮다. 로마에 가서 김치찌개를 먹든, 독일에 와서 소주를 한잔 들이켜든.

# 난쟁이가 살고 있는 크리스마스 마켓

숙소에서 구시가지에 있는 르넥 광장까지 가는 길은 그리 멀지 않다.
악명 높은 폴란드의 추위에 대해 익히 들었던 우린 털모자에 두툼한 목
도리까지 칭칭 감고 내복까지 챙겨 입었는데, 정작 밖을 나오니 12월의
겨울치고는 제법 포근하기까지 했다.

가벼워진 발걸음으로 뭘 먹을지 설레어 크리스마스 마켓으로 향하고
있는데, 디저트 가게 창문 앞에서 사탕을 훔치고 있는 귀여운 난쟁이
동상을 발견했다.

마치 개업 기념
풍선 같은 건가 봐.

꺄악—
이 난쟁이
너무 귀엽다—!

찰칵

가게 홍보한다고
만든 거네!

훗—

(나름 마케터 출신)

어머어멋!
저기 또 있다—!!

귀요미들!

같은 에이전시에서
한 건가?

다다다다다

약국 문 앞 약사 난쟁이

CAFE

대박!!!
여기에도 있어!!

꺄아아악!

후다다닥—

뭐지, 뭐지?

카페 앞
차를 따라주는
난쟁이

아이스크림 가게 옆
아이스크림을 배달하는 난쟁이

헤헷-
얼른 찍어줘!

같은 여행객 난쟁이들까지!

난쟁이들이 콩만 해서
쭈그리고 앉아 있음

험험

그만 가봅세….

머쓱-

이쪽 길이었나?

바닥만 쳐다보며 정신없이 사진 찍다
급 쑥스러워진 삼십 대 중반 여자 2인

그땐 상상도 못 했다. 이곳이 '드워프(Dwarf)'라고 불리는
난쟁이들이 사는 도시인 것을.

예전 공산주의 정권에 저항하고 풍자하는 의미로
학생과 시민들이 하나둘씩 만들기 시작한 게
백여 개가 넘는 작은 난쟁이 동상들이 도시 곳곳에 만들어졌고
지금은 브로츠와프란 도시를 상징하는 하나의 캐릭터가 되었다.
그렇게 난쟁이들을 찾기 위해 여기저기를 둘러보며
조금 더 걸었더니 어느덧 예쁜 파스텔 톤의 건물들 사이로
화려한 불빛이 가득 채워진 크리스마스 마켓에 도착했다.

유럽의 크리스마스 마켓은 크리스마스 4주 전부터 시작하는데, 먹음직스러운 간식과 음료도 팔고 다양한 크리스마스 장식품들을 진열해놓는다. 크리스마스 마켓에 가면 제일 먼저 천장에 매달려 있는 커다란 그릴판에서 바로 구워주는 목살 스테이크나 소시지를 넣은 빵을 하나 먹고는 글루바인을 마신다. 그러고는 한 바퀴 천천히 둘러보다가 군밤이나 구운 아몬드를 한 봉지 사기도 하고 바삭하게 구운 독일식 감자 부침개인 라이베쿠헨(Reibekuchen)을 달콤한 사과소스에 찍어 먹는다. 글루바인은 도시마다 특색 있는 머그잔에 담아주는데, 잔 가격을 미리 낸 다음 나중에 잔을 들고 오면 돈을 돌려준다. 혹시 마음에 드는 잔이 있으면 어차피 돈을 지불한 거니 그냥 집에 들고 가도 된다.

마켓 구경          마켓 구경

목살 스테이크 빵          글루바인

무한 반복

글루바인

구운 아몬드와 글루바인          라이베쿠헨
(점점 취해간다.)          (감자전)

글루바인은 집에서도 어렵지 않게 만들 수 있다.

특히 으슬으슬 추운 겨울에 한 냄비 끓여놓고 저녁에 한 잔씩 따듯하게

데워 먹으면 온몸이 온기로 가득 채워지는 게 그만한 게 없다.

## 글루바인 미니 레시피

팔각 2~3
클로브 10
월계수잎 1~2
시나몬 스틱 1~2

1. 냄비에 드라이한 와인 한 병을 붓고
   과일(오렌지는 짜서 껍질째 넣는다)과
   향신료들을 넣고
   설탕도 취향껏 넣어준다.

2. 와인이 끓으면
   곧바로 불을 약하게 줄이고
   한 시간 정도 천천히
   데운다는 느낌으로 둔다.

3. 재료들을 체로 걸러 병에 담아서
   맛있게 마신다.

쾰른의 크리스마스 마켓은 규모가 크지는 않지만 도시 곳곳에 작고 아담한 마켓들이 열려 있어 옮겨 다니며 구경하는 재미가 쏠쏠하다. 그에 반해 이 도시의 크리스마스 마켓은 구시가지 광장 전체가 놀이기구와 카페 그리고 목조 부스들로 끝없이 이어져 있었다. 나에게 가장 인상 깊었던 건 날 선 추위에 잠시나마 몸을 녹일 수 있게 숯불을 피워놓고 사람들이 앉을 수 있게 만들어놓은 오두막들이었다.

독일의 크리스마스 마켓이 조금 더 세련되고 상업적인 제품들을 판다면 이 도시는 어설프지만 정겨운 매력이 넘치는 인형들과 수공예 장식품이 많았다. 게다가 독일에서는 작은 트리 장식 하나도 꽤 비싼 편이라 선뜻 고르기가 쉽지 않은데, 여기는 가격까지 저렴했다.

주의할 점은 크리스마스와 다음 날인 26일은 대부분의 상점과 크리스마스 마켓이 모두 문을 닫으니 이 시기에 여행한다면 이를 고려해서 계획을 세우는 게 좋다. 한국의 추석이나 설날처럼 가족들이 모여 맛있는 요리도 먹고 함께 시간을 보내는 크리스마스는 유럽 사람들이 가장 중요하게 생각하는 명절 중 하나다. 가족과 떨어져 독일에 살고 있는 나로서는 크리스마스가 되면 친한 지인의 집에 초대받거나 몇몇 친구와 조촐하게 홈파티를 열기도 한다. 이삼 년 전부터는 우연히 받은 크리스마스 엽서에 그려져 있는 레시피로 작은 쿠키를 만들어 선물하기 시작했다. 오븐에 반나절 동안 굽는 근사한 오리 요리는 아니지만 오랜만에 불판을 꺼내 고기도 굽고 직접 만든 글루바인을 한 잔씩 마시다 보면 누구 못지않게 따뜻하고 소담스러운 크리스마스 저녁을 보낼 수 있다.

# 만원으로 떠난 프랑스 남부 여행

한 번도 들어본 적이 없는 이름이었다. 생각만 해도 잘 익은 와인이 송골송골 열려 있을 것만 같은 와이너리가 떠오르는 따뜻한 프랑스 남부의 작고 조용한 도시, 베지에(Béziers). 하늘 높이 솟은 커다란 성곽이 있고 멋부리지 않은 투박한 다리 너머로 오래된 엽서같이 아름다운 교회, 그리고 시장이라고 하기엔 지나치게 아름다운 중앙시장 건물 안을 채우고 있는 순박한 사람들과 신선한 채소와 과일들이 즐비하다.

공항버스를 타고 시내 방향으로 오긴 했는데, 예약한 숙소를 도통 찾을 길이 없었다. 하는 수 없이 지나가는 아저씨에게 길을 물었는데, 안타깝지만 영어를 한 마디도 하지 못했다. 하지만 우리를 바라보며 불어로 몇 마디를 하더니 따라오라는 손짓을 하며 앞장서기 시작했다. 그때부터 10분이 넘는 거리를 그분을 따라 무작정 걷기 시작했는데, 그는 길가의 상점 주인들과 친숙한 듯 인사도 하고 몇 마디 말도 나누며 태연하게 어딘가로 가고 있었다.

관광객 한 명 찾기 힘든 작은 도시라서 그런지 들어가는 카페나 상점마다 어김없이 사람들의 시선을 느껴야 했지만 그 눈빛이 차갑거나 불편하진 않았다. 오히려 조심스럽게 다가와 상냥한 말투로 (하지만 불어로) 말을 걸었고 우리도 활짝 웃는 걸로 인사를 대신했다.

불과 만원 남짓의 비행기 티켓이 아니었다면 군이 찾아올 일이 없었을 도시였다. 한창 논문 때문에 스트레스를 받고 있던 터라 잠시 어딘가로 훌쩍 떠나고 싶었고, 마침 다른 직장을 알아보며 쉬고 있던 친구와 함께 충동적으로 오게 된 여행이었다.

유학생          백수(구직자)

이번 여행의 테마 : 최대한 돈 안 쓰고 프랑스를 즐기기

아침에 일어나면 길 건너 작은 빵집에서 갓 구운 크루
아상과 바게트, 그리고 커피 두 잔을 산다. 적당한 크기
로 자른 바게트 위에 전날 마트에서 사다 놓은 살라미
와 토마토를 얹고 귀여운 와인샵에서 발견한 수제 망고
발사믹 드레싱(우리가 이번 여행에서 부린 가장 큰 사치)을
뿌려 맛있게 먹는다. 구경하다 출출하다 싶으면 빵집에
서 먹음직스럽게 보이는 샌드위치를 집어 볕이 잘 드는
공원 벤치에 앉아 조금씩 베어 먹었다.

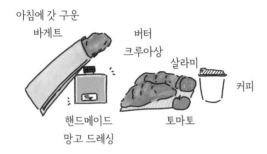

아침에 갓 구운
바게트
버터
크루아상
살라미
커피
핸드메이드
망고 드레싱
토마토

거리가 어둑해지면 어김없이 마트에 들러 비록 인스턴
트지만 비프 부르기뇽과 레드 와인 한 병을 사와 숙소
에서 소박하게 나름 프랑스식 저녁을 즐겼다.

마침 큰길가에서 한창 트러플 축제가 열리고 있다고 해서 찾아갔는데, 천막 아래 나란히 줄지어 서 있는 테이블에 동그란 트러플들만이 유리병에 담겨 있었다. 별거 아닌 것처럼 보여도 저 구슬만 한 트러플 하나가 가격이 십만 원이 넘기도 했다. 옆에 간이로 설치되어 있는 테이블에는 동네 주민 몇몇이 돈을 합쳐 트러플을 사서 얇게 썰고는 화이트 와인과 함께 마시고 있었다. 그래도 명색이 축제인데 우리나라 오일장보다 못한 규모와 분위기에 조금 실망하고 있는데, 저 멀리서 음악 소리가 들려왔다. 어설프지만 비슷한 색상으로 옷을 맞춰 입은 작은 연주 행렬은 동네 할아버지부터 손자 손녀들까지 함께 모여 이날만을 위해 연습한 듯 간절해 보였고, 다들 너무 진지하게 연주하는 모습에 우린 어느새 웃음을 거두고 열심히 박수를 치며 그들을 응원하게 되었다.

그러는 와중에 길모퉁이에서 허름한 중국식 테이크아웃 음식점을 발견했다. 아무리 여행이라도 매 끼니마다 빵을 먹는다는 건 나에게 너무 힘든 일이었기에 무척이나 반가웠다. 우리가 가게에 들어서자 이곳에서 흔치 않은 동양인이라 그런지 사장님 부부는 환하게 웃으며 손짓, 발짓으로 어떻게든 말 한 마디라도 더 나누고 싶어했고, 옆에 서 있던 프랑스 손님에 비해 너무 티 나게 많은 양의 계란볶음밥을 박스에 담아주셨다.

마지막 날 아침 체크아웃을 하고 일찌감치 집을 나선 우리는 또 한 번 공항 가는 버스를 찾지 못해 헤매었다. 분명 인터넷에는 중앙광장에 있는 주차장에서 타면 된다고 적혀 있었는데, 수많은 버스들 중 하필 공항 가는 버스만 보이지 않는 것이다. 그때였다. 보다 못해 버스에서 내려온 아주머니가 우리에게 말을 걸었고, 곧이어 버스기사 아저씨도 따라 내렸다. 그리고 옆에서 다른 버스를 기다리던 아주머니 두 명도 바닥에 내려놓은 가방을 번쩍 들더니 이쪽으로 다가오는 게 아닌가.

순식간에 우리를 위해 벌어진 작은 주민회의에서 사람들은 참 다정하게도 가던 길을 잠시 멈추고는 함께 방법을 찾기 위해 이마를 맞댔다. 비록 말은 통하지 않더라도, 여행할 돈이 많지 않아 레스토랑에서 근사한 식사 한 번 제대로 하지 않은 단출한 여행이었더라도, 이곳 사람들의 진심 가득한 친절 덕분에 마음만은 그 어느 때보다 풍요로웠다.

# 딱 열 살 어린 내 친구 아미

어쩌다 보니 요즘은 만나는 모임마다 대부분 내가 가장 나이가 많다.
같이 있다 보면 가끔 나이 얘기가 나오기 마련인데,
어김없이 그 뒤에 따라오는 말이 참 애매하다.

나보다 열 살이 어린 아미를 처음 알게 된 건 프랑크푸르트의 어느 호스텔이었다. 학교를 다니며 틈틈이 전시회 통역 알바를 했는데, 쾰른에서 하는 행사는 거의 없어서 프랑크푸르트까지 가곤 했다. 문제는 전시회를 할 때면 웬만한 숙소는 이미 다 차버리거나 요금이 몇 배로 비싸지는 것이었다. 그렇지 않아도 열차 비용까지 추가로 들기 때문에 학생 입장에선 꽤나 부담스러운 금액이었다. 겨우 찾은 숙소가 중앙역 근처 호스텔이었는데, 하필 열한 명이 함께 자는 도미토리룸이었다. 그 방에서 그녀를 처음 만난 순간 알았다. 이 기간 동안 우린 서로 의지해야 할 운명이라는 것을.

밤마다 수다를 떨며
외로움도 달래고

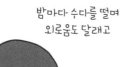

저기…
여긴 금연인데
밖에 나가셔서 피우시는 게…
(극 존대)

덜덜

오 쏘리, 마담

계속
피우는 중

매일 그녀 침대 옆에 서서 담배를 피우던
아저씨에게 그녀 대신 한 마디 해줬다.

아, 아니 내가 뭘-
허허헛

일본 특유의
굉장한 리액션

오오오오오오
땡큐우우우!!!

유아 쏘 카인드!!!

쏘구우웃!!

우리의 만남은 고작 5일밖에 안 됐지만 그렇게 우리에겐 제법 끈끈한 유대관계가 생겼고, 2년 후 아일랜드에서 공부하고 있는 그녀를 만나러 나는 더블린에 갔다. 내 지인들 중 드물게 배려가 넘치는 타입인 아미는 입국장으로 나온 나를 반갑게 포옹하며 곧바로 물 한 병을 내밀었다. 이미 늦은 저녁이었기에 시내에서 간단히 저녁을 먹고 난 우린 더블린에 가면 누구나 들른다는 템플바 거리로 향했다. 그곳은 이미 관광객들로 붐비고 있었고 문이 활짝 열려 있는 펍마다 신나는 아이리쉬 음악이 흘러나왔다. 그중 가장 유명한 템플바는 멀리서부터 강렬한 빨간색의 외관이 눈에 띄는데, 예상대로 술집 안은 발 디딜 틈도 없이 사람들로 꽉 차 있었다. 겨우 자리를 비집고 들어가 카운터 앞에 서서 주문을 하려 했는데 기네스 생맥주 작은 잔이 5유로가 넘었다. 내가 아일랜드까지 왔으니 술은 무조건 자기가 사겠다고 하던 그녀가 조금 당황한 듯 보였고, 나는 그 마음이 고마워서 평소 같으면 시키지도 않을 작은 잔을 각각 주문했다. 한 손에 쏙 들어오는 자그마한 맥주잔을 들고 우린 라이브 공연을 하는 안쪽으로 들어갔다. 벽면에는 오래전부터 이곳에서 공연했던 밴드들의 사진들로 가득했고 화장기 없는 얼굴에 머리를 하나로 질끈 묶은 여자 가수가 막 노래를 준비하고 있었다.

으응...?

홀짝홀짝

명작가—
내 맥주도
마실래?

아, 아냐
괜찮음—
너 마셔.

최대한 아껴서 마셨지만
역시 턱없는 양이었음

난 너랑 이렇게 함께 있는 것만으로도
이미 (행복함에) 취해버렸는걸!!

천진난만

헤헷

활짝

행복

"난 너랑 함께 있는 것만으로도 이미 취해버렸는걸."

평소 같으면 질색했을, 손발이 오그라드는 말이었지만 그녀의 진심이
느껴져서 괜히 마음 한 편이 간질해졌다. 작은 원룸에서 룸메이트와 함
께 살고 있어서 재워주지 못하는 걸 연신 미안해하던 그녀는 한사코 숙
소까지 데려다주겠다며 따라나섰다. 템플바 거리를 벗어나니 언제 그
랬냐는 듯 금세 거리는 한적해졌고 조용한 거리 한편에서 버스킹을 하
는 밴드가 있었다. 연주나 노래 실력은 조금 어설펐지만 얼마 안 되는
관객들 앞에서 신나게 연주하는 모습이 멋있었다. 그들 옆에서 혼자 춤
을 추던 한 아주머니는 잔뜩 흥이 난 나머지 함께하자며 옆에 서 있던
친구의 손을 잡아끌었지만 친구는 손을 뿌리치고 정색하더니 다시 구
경하는 사람들 사이로 들어갔다.

인생의 어느 단계가 지난 후부터는 처음 만난 사람들과 대화를 이어 나가는 게 조금씩 어색하고 힘들 때가 있다. 아무것도 하지 않아도, 술 한 잔 없이도 편안하게 마음을 놓을 수 있는 친구를 새로 만난다는 게 그리 쉬운 일은 아니다. 그날은 참 오랜만에 저녁 내내 작은 술잔 하나만 손에 들고 웃고 떠드느라 시간이 지나는 줄 몰랐다. 비록 1년에 한두 번 안부를 묻고 언제 다시 볼 수 있을지 기약은 없지만, 그런 사람이 있다. 한 번씩 떠오를 때면 저절로 기분이 좋아지고 잘 지내냐고 연락하고 싶은, 어디서 뭘 하든 정말 잘 있었으면 하는, 그런 친구. 딱 열 살 어린 내 친구 아미.

# 아이리쉬 비프스테이크와 굴,
## 그리고 바지락 찜의 조합

태양열 에너지를 사용하는
자연 친환적인 오두막

술을 좋아하는 사람들은 아일랜드라고 하면 가장 먼저 기네스의 깊은 맛과 흥겨운 아이리쉬 펍이 떠오르기 마련이다. 하지만 조금만 더 들여다보면 아일랜드는 맥주나 수도인 더블린 말고도 수려한 자연경관으로 유명한, 하이킹하기 좋은 코스들로도 유명하다. 실제로 아일랜드행 비행기를 타기 위해 기다리고 있는 사람들 중 많은 이들이 이미 기능성 잠바와 등산화를 장착하고 있는 것만 봐도 쉽게 알 수 있다. 더블린에서 하룻밤을 머물고 다음 날 차를 렌트해 두 시간 남짓 서쪽으로 달려서 간 곳은 '골웨이(Galway)'라는 이름의 지역이었다. 멋진 해안의 모허 절벽(Cliffs of Moher)을 보기 위해 일부러 이곳에서 나머지 일정을 지내기로 했는데, 특이하게도 숙소 이름이 '자연 친환적인(Ecofriendly)' '거의 에너지 독립형의(almost off-grid)'라는 아담한 오두막집이었다.

플라스틱(물병)을 줄이기 위해
정수 필터를 설치한 싱크대

한겨울에 난방 대신
온기를 만들어줄
나무를 때는 난로

그리고… 처음 경험한 생태 화장실

앞쪽 구멍으로
볼일을 보고 난 후
물 한 잔을 뿌려준다.

변기에 앉으면 변기 커버가 눌려
자동으로 뒤편 뚜껑이 열리고
큰 흔적들은 그렇게 퇴비로
만들어질 공간으로 보내진다.

우리 숙소가 위치한 '킨바라(Kinvara)'는 작고 한적한 항구 마을인데 차를 타고 가다 고개만 슬쩍 돌려도 검정, 하양, 누런 소들이 어김없이 우릴 반겨준다. 저렇게 넓고 한적한 들판에서 여유 있게 돌아다니는 소들을 보며 나도 모르게 입맛을 다신 건 조금 미안했지만 아일랜드에 왔으니 오늘 저녁은 맛있기로 유명한 '아이리쉬 비프스테이크'를 먹기로 결정했다.

마트에서 신선한 티본스테이크 한 덩어리와 와인 한 병을 사고 미리 예약해둔 수산물 가게로 향했다. 문이 닫혀 있어 가게 앞에서 한참 동안 기다렸는데 지나가는 사람 한 명 없이 조용했다. 하는 수 없이 이메일을 뒤져 겨우 찾아낸 번호로 연락했더니, 사장님이 "응, 도착했니?" 하며 쿨하게 전화를 끊었다. 그러더니 5분도 안 되어 턱수염을 길게 기른 할아버지가 낡은 오픈카에서 내렸다.

찡긋

안녕, 여러분-

일찍 왔네!

굴 싱싱하지?

계속 굴 껍질을
까주시는 중

엣다- 하나 더
먹으렴.

그럼 난 이만-

세상 쿨함

칼은 뭐,
알아서 쓰고
갖다 놓든지….

할아버지, 최고!
고마워요!

와- 신난다-!

총총

석화 한 박스

바지락 한 봉지

숙소로 돌아와서 바로 가스에 불을 켜고 프라이팬에 기름을 둘렀다. 양 손바닥을 합쳐도 가려지지 않는 거대한 티본스테이크를 소금, 후추로 밑간을 해준 다음 센 불에 겉면을 조금 태운다는 느낌으로 구워준다. 버터 한 조각을 넣고 약불에 고기를 익혀주는 동안 같이 먹을 양파도 노릇하게 구워준다. 멋쟁이 사장님이 빌려준 칼로 열심히 껍질을 깐 석화를 접시에 동그랗게 올려놓고 잘게 썬 적양파를 뿌려주고는 레몬 두 조각을 옆에 놓아둔다. 이제 마지막으로 바지락 토마토 찜을 할 차례이다.

**바지락 토마토 찜 레시피**

1. 프라이팬에 올리브유를 두르고 중불에 다진 마늘을 볶는다.

2. 잘게 썬 양파를 반 정도 넣고 볶다가 화이트 와인 한 컵을 붓고는
   해감을 한 바지락을 넣어 센 불에 빠르게 볶아준다.

3. 버터를 반 숟갈 정도 넣어주고, 파슬리와 남은 양파, 토마토, 당근,
   페페론치노(대신 청양고추나 고춧가루를 솔솔 뿌려줘도 된다.)를
   넣고 조금 더 볶는다.

4. 레몬 한 조각을 얹혀놓고, 중약불로 낮추고는 뚜껑을 닫고 기다린다.
   조개가 차례로 입을 벌리면 소금, 후추로 간을 하고 불을 끈다.

하지만 아쉽게도 가장 기대했던 모허 절벽은 다음 날 갑자기 불어닥친 폭풍우 때문에 입구에 들어가지도 못하고 돌아와야 했다. 날씨가 화창했던 어제 오후에 성대했던 만찬을 잠시 미루고 절벽을 보러 갔다 왔다면 이런 불상사는 없었을 텐데 말이다.

여행을 하면서 몇 가지 조심해야 할 게 있다면 이런 것들이다. 목을 축일 작은 물병과 위급할 때 필요한 근방의 화장실 그리고 밥 먹을 타이밍을 놓쳐 굶주린 상태가 되는 것. 아무리 아름다운 자연경관을 보든 멋진 성당 안을 둘러보든 일단 배가 고프고 (혹은 아프거나) 목이 마르기 시작하면 초조하고 불안해서 제대로 눈에 담지 못한다. 게다가 어제 배가 너무 고팠던 우리 손에 쥐어져 있던 건 다름 아닌 와인 한 병과 두툼한 고기 한 덩이 그리고 싱싱한 해산물이었으니. 이건 정말 돌이킬 수 없는 일이었다.


하나라도 더 보기 위해 아침 일찍부터 바삐 서둘러 움직이는 여행 타입은 아니지만 꼭 보고 싶었던 걸 눈앞에서 놓치고 말았을 때의 그 아쉬움이란 이루 말할 수 없다. 세계지도는 너무 넓고 그나마 긁어놓은 여행 장소들은 왜 이렇게 점같이 작게만 느껴지는지. 다시 돌아올 가능성이 적다는 걸 알고 있기에 조금 씁쓸한 마음이 들기도 한다.

그래도 이곳은 적어도 오랫동안 나에게 아늑한 하늘색 오두막에서의

따뜻한 저녁 한 끼였던 비프스테이크와 굴,

그리고 바지락 찜으로 맛있게 기억될 테니깐, 괜찮다, 괜찮다.

고기 먹을 땐 레드 와인!     씨푸드엔 화이트 와인!

아이리쉬 비프스테이크       석화 한 접시
막 껍질을 까서 신선함

봉골레 토마토 찜
매콤하고 얼큰해서
한국인 입맛에 잘 맞음

# 의무적으로 하는 여행은

"더 늦기 전에 아빠가 여행도 좀 더 다니고 했으면 좋겠어."
정말 오랜만에 연락한 대학 친구와 이런저런 얘기를 하다 순간
난 속상함이 묻어나는 말투로 말했다. 그때 친구가 조심스레 했던
대답이 내가 전혀 생각하지 못했던 거라 조금 당황했다.

그래, 네 말도 맞는데…
근데 아빠는 지금 이대로도
충분히 좋은 거 아닐까?

꼭 어딘가로 멀리 떠나야만
행복해지는 건 아니잖아.

…

드레스덴은 독일이 동서로 분단되었을 때 동독에 속했던 도시인데, 베를린에서도 차로 두 시간 정도 걸리는 가까운 거리에 있다. 마치 서울에서 한강을 중심으로 남과 북으로 나뉘는 것처럼 드레스덴도 엘베강을 사이에 두고 구시가지와 신시가지로 구분할 수 있다. 신시가지는 현지인들이 즐겨 찾는 지역으로 핫한 카페나 트렌디한 레스토랑이 많이 모여 있다. 하지만 대부분의 관광지들은 구시가지에 몰려 있고, 특히 여기에서 바라보는 일몰이 아름답기로 유명해서 많은 관광객들이 구시가지에 머문다. 1박 2일이라는 짧은 일정이었던 우리도 구시가지까지 5분이면 걸어서 갈 수 있는 곳으로 숙소를 잡았다.

신시가지
주말이면 로컬들로
붐비는 지역

구시가지
유명한 관광지들이
밀집해 있음

도착한 날 저녁 숙소에 짐을 풀자마자 쏟아지는 장대비를 뚫고 우리가 신시가지로 간 이유는 다름 아닌 감자탕을 먹기 위해서였다. 처음 대학에 들어가서 한창 과 선배들이랑 술을 마실 때 새벽 무렵이면 꼭 감자탕집을 가곤 했는데, 그럴 때면 난 이미 속이 좋지 않아서 거의 먹을 수가 없었다. 그때의 기억 때문일까. 지금껏 감자탕이 먹고 싶다는 생각이 든 적은 거의 없었는데, 외국에 살다 보니 이제는 하다못해 감자탕까지 그립고 먹고 싶어졌다. 하지만 한국에서보다 두 배는 비싼 가격에 비해 냄비 안의 고기는 거의 찾아보기 힘들었고, 안타깝게도 감자탕 특유의 향과 맛을 내기 위해 필수적인 시래기와 깻잎 대신 흐물흐물한 채소만이 가득했다. 그래도 국물에 들깨가루 맛이 나는 것을 위안 삼아 군이 비싼 소주까지 한 병 시켜 먹고는 돌아오는 길에 괜찮은 술집에 들러 맥주 한두 잔을 마시는 걸로 하루를 마무리했다.

그런데 지난밤에 마신 술 때문인지 우산도 없이 밤새 도록 맞고 다닌 비 때문인지 다음 날 열이 나기 시작하고 몸살이 난 듯 온몸이 아파 하루 종일 침대에 누워 있어야 했다. 어느덧 창가에도 어둠이 내려앉기 시작했고 기껏 여기까지 와서 방에만 누워 있는 나 자신이 뭔가 큰 잘못이라도 저지른 듯이 마음이 불편했다. 결국 무거운 몸을 이끌고 슬금슬금 밖으로 나갔다.

다른 도시들과 마찬가지로 드레스덴도 2차 세계대전 때 폭격으로 많은 건물들이 폐허가 되었다. 그걸 지켜보는 것 말고는 할 수 있는 게 없었던 시민들은 교회가 있던 자리에서 하나둘씩 검게 타버린 벽돌을 모으기 시작했고, 그들이 소중히 보관하고 있던 그 벽돌들은 이후 교회를 재건하는 공사를 할 때 그대로 사용되었다고 한다. 거무칙칙한 벽돌들이 여기저기 상처처럼 박혀 있는 얼룩덜룩한 벽면이 왠지 더 근사해 보이는 건 전쟁에 함께 분노하고 안타까워한 이들의 마음이 담겨 있기 때문일지도 모른다. 겨우 교회 앞에서 사진 한 장을 남기고 걸음을 옮겨 긴 벽화가 그려져 있는 거리를 천천히 걸었다.

프라우엔 교회

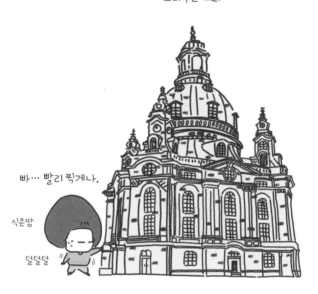

빠… 빨리 찍게나.

식은땀

덜덜덜

자, 여기 보시고
하나, 둘, 셋!

지금은 이렇게 장황하게 설명하고 있지만 솔직히 그때 나에겐 아름다운 궁전이나 교회 그 어떤 것도 눈에 들어오지 않았다. 아니, 그럴 수가 없었다. 입고 있던 티셔츠는 이미 식은땀으로 젖었고 온몸은 불덩이처럼 뜨거워 이대로 가다간 그냥 길바닥에 풀썩 주저앉아 버릴 것 같았다. 결국 한 시간도 지나지 않아 다시 숙소로 돌아와야 했고, 그날 저녁 내내 방에만 머물렀다. 이렇게 다른 도시에 온 것도 오랜만인 데다 독일에서도 워낙 예쁘기로 유명한 곳이라 엄청 기대한 여행이었는데, 전부 망쳐버린 것 같아 무척 속상했다. 게다가 드레스덴을 갔다 온 후에 책에 들어갈 글도 쓰겠다며 단단히 벼르고 온 터였다.

흠- 갔다 와서 이번 여행에 대해 글도 써야겠다!

사진도 많이 찍고-

최대한 많은 걸 알아가면 도움이 되겠지?

난 프로니까!

그래! 그럼 이제 미리 사전조사를 시작해보자!

파이어

인욕 과잉

어느 순간부터 진정 즐기기 위한 게 아니라 보여주기 위한 여행을 한 건 아닐까 하는 자괴감이 들었다. 기껏 여행을 와서도 더 예쁘고 멋진 사진을 남기기 위해 휴대폰만 들여다보고 그렇게 돌아가서는 이번에 어딜 갔다 왔는데 너무 좋았다고 애써 감정을 부풀리며 SNS에 근황을 업데이트하느라 바쁘다.

여행에 정답이란 게 있을까. 여행 자체가 귀찮은 사람도 있을 테고 정신없이 바쁜 일상에서 차라리 집에서 조용히 쉬면서 재충전의 시간을 갖고자 하는 이들도 있을 것이다. 의무적으로 하는 여행일 바에는 소파에 누워서 보고 싶던 영화를 보거나 지인들과 둘러앉아 맛있는 음식을 먹고 술 한잔하는 시간이 오히려 더 행복할 수 있다. 물론 금세 일상에 지쳐 또다시 낯선 곳, 모르는 사람들 틈에 있는 내 모습을 그리워하겠지만.

# # 오로라는 그렇게 사라졌다

"어, 이거 왜 이러지? 체크인하려고 들어가면 계속 에러라고 뜨는데?"

여행 가기 전날 밤 우린 마지막으로 들고 갈 짐들을 체크하기 위해서 모였다. 이때까지만 해도 상상도 하지 못했다. 어엿한 항공사가 어떠한 사과나 변명도 없이 이렇게 망해버릴 거라고는. 혹시나 해서 들어간 항공사 홈페이지의 공지 게시판에는 짧은 글 하나만 있었다.

'이 시간부로 ○○항공 비행기는 더 이상 운행하지 않습니다.'
(의역 : 한시라도 빨리 다른 항공편을 찾아보는 게 좋을 것임)

우린 티켓을 일 년 전 할인할 때 미리 구매했던 거라 다음 날 출발하는 다른 항공사들의 요금은 그것보다 몇 배는 더 비쌌다. 하지만 이미 숙소와 렌터카 그리고 동굴 투어까지 모두 결제를 마친 상황이었다. 이 순간 우린 마지막 선택을 해야 했다.

"그래도 지네 나라 국적 항공사인데, 설마 아무 보상도 없겠어?"
이 어이없는 상황에 허탈하게 웃다가 한숨을 훅 내뱉고 불특정
다수에게 괜히 화를 내며 한참을 고민한 끝에 결국 우린 이 여행을
포기하기로 결정했다. 그날 밤 밤새 맥주를 마시며 괜찮다고
서로에게 위로를 건네며.

• 다음 날 아침 •

헉! 지금 몇 시지?
빨리 공항 가야 되는데!!

벌떡!

아… 맞다!
우리 여행 취소됐지….

멍…

아냐, 아냐!!
그럴 리가 없어!

혹시…
지금 나 꿈꾸고 있는 건가?!
얼른 깨어나! 이 자식아.

현실 부정

멍……

자연으로
캠핑이라도 떠나보자!

그래, 결심했어!

아이슬란드보다
더 재밌게
보낼 테다!!

이러고 있으면
점점 더 우울해질 뿐!

두고 보자!

마음은 이미 새들이 지지배배 노래하는 한적한 숲속의
나무 아래 텐트를 치고, 낮은 의자에 앉아 막 커피 한
잔을 내려 마시고 있었다. 우린 여전히 분노를 주체하
지 못하고 있을 다른 여행 멤버들에게 당장 연락했고,
그렇게 즉흥적으로 캠핑을 떠나게 됐다. 가는 길에 스
포츠 매장에 들러 최소한의 캠핑 장비만 구입했고 나머
지 가스레인지, 프라이팬, 접시, 수저 같은 도구들은 각
자 부엌에 있는 걸로 대충 챙겨가기로 했다.

차로 세 시간 남짓 달려 도착한 곳은 네덜란드 남쪽의
바닷가였다.
아직 쌀쌀한 날씨 때문인지 캠핑장은 사람도 거의 없이
한적했고, 그나마 카라반이나 캠핑카를 타고 온 사람들
이 대부분이었다. 한 시간여 동안의 사투 끝에 텐트 두
개를 그럴듯하게 완성했고 곧바로 우린 근처에 있는 마
트로 갔다.

첫 번째 할 일 : 마트에서 장 보기!

두 번째 할 일 : 농구 내기!

실력에 따라 공평하게 거리에 차이를 둔다.

가장 키 작은 선수

열심 열심

찌릿—
연습 없다고
말했을 텐데….

중학교 체육시간
자유투 만점 받은
숨은 실력자

한때 농구선수 지망생
이미 자세부터 프로

헛둘 헛둘

아무리 나라도
이건 좀 먼데….

이거 참, 흣!

키 큰 남자
기본은 깔고 감

세 번째 할 일 : 자전거 타기!

두두두둥!

얘들아~ 달려어어엇!

바닥에 발이 안 닿는다.
(주의 : 유럽의 자전거는 안장이 매우 높음)

호호호호호—
너무 신나!

야호~
정말 재밌는걸.
(이미 지침)

하하하하하—

그렇다면… 아동용 자전거로!!

네 번째 할 일 : 캠핑의 꽃, 바비큐!

두두두두둥!

다 끓었나?

응, 뚜껑 좀
열지 말아 줄래.

호호호, 미안!

천천히 해요.
호호호—

이런, 불이 너무 약한걸.
이럴 땐 부채질이 딱이지!!

상남자

마지막 할 일 : 밤바다 산책!

두두두두두둥!!

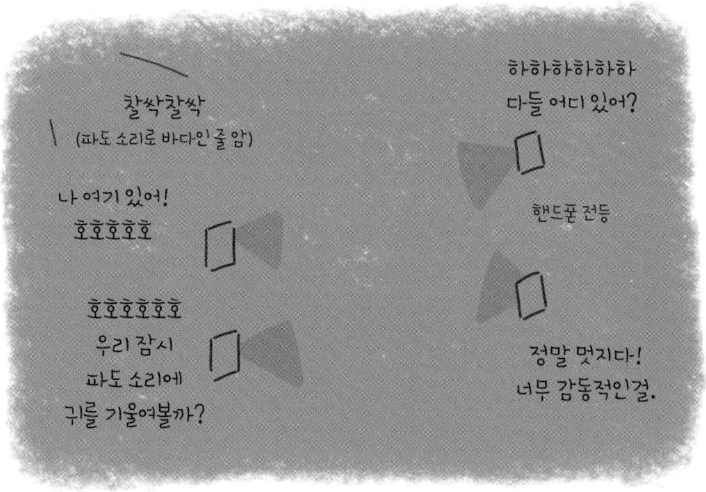

찰싹찰싹
(파도 소리로 바다인 줄 앎)

하하하하하하
다들 어디 있어?

나 여기 있어!
호호호호호호

핸드폰 전등

호호호호호호
우리 잠시
파도 소리에
귀를 기울여볼까?

정말 멋지다!
너무 감동적인걸.

정말 어두워서 하나도 안 보인다!

금방이라도 쏟아져 내릴 것 같은, 하늘을 가득 채운 별들을 바라보며 구워 먹는 고기의 맛은 아이슬란드 여행의 쓰라림은 잠시 접어둬도 될 만큼 맛있었다. 불빛 하나 없이 캄캄한 캠핑장에서 여러 겹씩 들고 온 옷들을 꺼내 입고 그릴 앞에 쪼그리고 앉아 맥주를 홀짝였다. 텐트 옆 바닥에 놔두었던 맥주 캔은 방금 냉장고에서 꺼낸 것처럼 시원했다. 하지만 그날 밤 텐트 안은 핫팩을 몇 개씩 붙이고 침낭 속에 뜨거운 물을 담은 페트병을 품속에 안고 있어도 너무도 추웠고, 바닥에서 올라오는 축축한 냉기와 텐트를 사방으로 쳐대는 매서운 바람 때문에 거의 잠을 잘 수가 없었다.

• 다음 날 아침 •

라면을 먹으며…

(놉! 내 피 같은 휴가)

(집에 가고 싶다…)

(본전은 뽑아야지, 암)

(너무 춥긴 한데…
어떻게 말하지…)

한 공간 여러 생각들

그렇게 3일이 지나고 우리 모두는 무사히 집으로 돌아왔
다. 어깨를 짓누르는 피곤함과 콜록대는 감기 기운과 함
께. 무거운 짐을 등에 맨 채 현관문을 열고 집으로 들어
선 순간, 나도 모르게 아… 하고 안도의 숨을 내쉬었다.


"아, 집이다…."


돌아가고 싶은 곳이 있다는 게 얼마나 다행인지 모른다.
가보진 못했지만 단언컨대 아이슬란드를 여행하고 집
에 와서도 같은 생각을 하지 않았을까. 다시금 지루하고
익숙한 일상을 살아나갈 이곳이 그래도 제일 낫다고.

Chapter 3

# 먹고 마시는 것에 대하여

훗
멋있었어!

뭐라고?
술 취한 거
아니지?

응, 뭐라고?!

(쑥스러운 말에
굉장히 취약함)

# 언제 마음이 따뜻해지나요?

최근 마음이 따뜻해지고 행복을 느꼈던 순간이 언제였을까?
하나씩 떠올려보니 결코 거창하거나 대단한 사건이 일어났던 때가
아니었다.

가장 아끼는 찻잔에
달콤한 꿀이 들어간 차를 담아
후후 불며 마실 때.

헤헤-

쌓여 있는 설거지

여기!

끄응...

한 번 쓰고 나면
당분간 사용하지
못하지만요.

오랜만에 볼로네즈 파스타를 끓이는
맛있는 냄새가 온 집 안에 가득 찰 때.

마트에 갔다 노란 튤립 다발을 2유로 주고 사 올 때.

기분 좋아~

암, 꽃은 스스로
사는 거다!

총총~

커다란 맥주잔에다가 예쁘게 꽂아둡니다.
(꽃병 같은 건 없으니까요.)

예쁘다~!

흠…
(맥주 한잔할까?)

그리고 간밤에 내린 눈에 신나서 향이 좋은 커피를 보온병에 담고는
새하얀 눈을 뽀드득뽀드득 밟을 때.

어느새 장대비로 변한 눈을 맞으며
분위기 있게 커피를 마십니다.

뽀드득

뽀드득

끙-
물 반, 커피 반-
어멋!

소소하지만 확실한 행복.
요즘 나에게 행복은 이렇게 사사로운 것들이다.
굳이 행복하다고 표현하지 않아도
참 편하다, 따뜻하다, 맛있다 하고 생각이 드는 모든 순간들.
특히 요즈음 내가 애정하는 건 간만에 제이미가
넉넉한 냄비에 볼로네즈소스를 끓일 때
집 안 가득 채워지는 달큼한 토마토소스 향이다.

# 제이미표 볼로네즈 파스타 레시피

### 재료(3~4인분)

파스타 면

마늘
5~6개

큰 양파
1개

당근 1개

샐러리 다져서
1T

간 돼지 & 소고기
500g

레드 와인
1잔

홀필드 토마토
2캔

굵은 소금 &
월계수잎
2~3개

청양고추
or 페페론치노
(취향껏)

1. 양파, 마늘 3개와 당근, 샐러리를 아주 잘게 다지고,
   나머지 마늘 2개는 편으로 얇게 썬다.

2. 간 고기는 소금과 후추를 뿌려놓는다.

3. 프라이팬에 올리브유를 두르고 다진 마늘과 양파가
   맛있는 노란색이 될 때까지 중불에 볶는다.
4. 간 고기를 넣고 센 불에서 볶다가 레드 와인을 더해준다.
5. 홀 토마토와 다진 당근, 샐러리, 편 마늘 그리고 월계수잎을 넣고
   약불에 한 시간 반 정도 끓인다.

시간이 없다면 30분이라도!

바닥에 눌어붙지 않게
한 번씩 저어주세요.

6. 파슬리와 페페론치노(없다면 청양고추나 고춧가루)를 넣고 5분 더 끓인다.
7. 마지막으로 소금, 후추 간을 하고 불을 끈다.
8. 파스타 면은 냄비에 물과 굵은 소금 한 숟갈을 넣고
   8~10분 정도 삶는다. (면 패키지 참고)

9. 건져낸 파스타 면에 소스를 부어서 맛있게 먹는다.

이렇게 한 냄비 끓인 소스는 소분해서 냉동실에 보관해뒀다가 생각날 때마다 한 통씩 꺼내 면만 후딱 삶아서 간편하게 먹을 수 있다. 냉동실 한 칸을 가득 채운 반찬 통들을 볼 때면 마치 비상시를 대비해 식량을 넉넉히 비축해놓은 것처럼 마음이 든든해진다.

사실 볼로네즈 파스타는 독일 음식점 어딜 가도 쉽게 찾을 수 있는 일반적이면서 저렴한 파스타 중 하나이다. 하지만 밖에서 사 먹을 때면 접시 위에 한 가득 쌓여 있는 파스타 면 위에 정작 볼로네즈소스는 한두 숟가락 남짓의 적은 양이 살포시 올려져 있다. 전형적인 한국인 입맛인 나에게는 매운 고추와 알싸한 마늘 향으로 깊은 풍미를 더한 그녀의 파스타가 오히려 어느 레스토랑보다 더 맛있다.

흔히 집밥이라고 하면 윤기가 자르르 흐르는 흰 쌀밥과 얼큰한 국물이 담겨 있는 뚝배기, 그리고 신선한 재료로 만든 갖가지 밑반찬들을 떠올리곤 한다. 하지만 바다 건너 외국에서 매번 정갈하게 한끼를 차려 먹는다는 건 정말 어려운 일이다.

속을 든든하게 데워주는 온기에 대한 그리움이 차오를 때 즈음 이 볼로네즈 파스타를 포크에 돌돌 말아 한입 가득 먹으면 어느새 집에서 가족들과 둘러앉아 밥을 먹고 있는 듯한 착각을 일으킬 만큼 마음이 따뜻해지는 것이다. 아, 벌써부터 입안에 군침이 도는 게 아무래도 오늘 저녁은 냉동해놓은 볼로네즈소스를 꺼내 파스타를 해 먹어야 될 것 같다.

# 할머니와 탕수육

오랜만에 한국에 와서 잠시 머물 때였다.
늦은 아침을 먹고 난 일요일 오후, 아빠는 조금 출출하다며 엄마에게
수제비나 끓여 먹자고 했고, 옆에 있던 난 기다렸다는 듯이
"나도, 나도!"를 외쳤다. 아빠는 떡국이나 만둣국보다 수제비가
훨씬 더 좋다고 했다. 김가루를 솔솔 뿌린 시원한 멸치육수 국물에
쫄깃한 수제비 한 점을 조심스레 건져서
잘 익은 김치 한 조각을 얹어 먹는 그 맛이란.

수제비는 어머니가 또
기가 막히게 끓였는데….

엄마 수제비 같은 쫄깃한 맛은
찾을 수가 없다, 정말….

일 끝나고 한 번씩
수제비 먹으러 간다고 하면
그렇게 좋아하셨지.

허허허

흠…

심기 불편

아무 말 없이 옆에서 수제비만 후루룩 먹고 있던 엄마가
아빠를 휙 쳐다보며 말했다.

그 수제비 반죽 있잖아요,
그거 어머니 집 앞 시장에서 산 거예요.
당신 좋아한다고 다 떨어지면 그렇게
시장 가서 사다 놓으시더구먼.

휙~

다-다-다-다-다-다-다~

쯧~
보자 보자 하니까…

후

어험~
국, 국물이 시원하네….

끄응~

내가 할머니를 마지막으로 본 건 몇 년 전 한 중국집이었다. 평소와 다를 것 없이 우린 짜장면과 볶음밥, 짬뽕, 그리고 탕수육 대자를 시켰고 인상 좋으신 사장님이 서비스로 군만두를 주겠다고 했다. 내 기억이 맞다면 이 집은 특히 군만두가 맛있기로 유명했다.

언제부터인지 만날 때마다 한 뼘씩은 작아지는 것 같은 할머니는 음식을 기다리며 가만히 나를 바라보셨다.

…그래,
독일까진 비행기로
얼마나 걸리드노?

빤히ㅡ

아ㅡ 직항 타면
열 시간 정도 걸려요.
그런데 내려서 또 기차 타고
두 시간 더 가야 되니….

할머니는 놀랍다는 표정으로 웃으며 말했다.

옆에 앉아 있던 아빠의 얼굴이 조금 굳었고, 난 뭐라고 대답해야 할지 몰라 그냥 멋쩍게 이마를 긁적이며 웃었다.

이윽고 음식이 나왔고 아빠는 바삭한 탕수육을 가위로 자그마하게 잘라서 할머니 앞 접시에 올려놓았다. 그런 아빠의 모습을 보는 건 처음이라 조금 낯설었다. 할머니는 탕수육 한 점을 입에 넣고는 천천히 씹기 시작했다. 배가 고팠던 우리가 정신없이 입속에 음식을 밀어 넣는 동안 할머니는 여전히 입안의 그 탕수육을 오물거리고 있었다.

그러다가 불현듯 할머니가 말했다.

"난 오래오래 살 거다. 세상에 이렇게나 맛있는 음식들이 많은데……."

아빠는 고개를 끄덕이며 분주하게 할머니 접시에 음식을 덜어주면서 말했다.

"당연하지. 오래 건강하게만 사이소. 맛있는 건 내가 다 사 드릴게."

밥을 다 먹자마자 할머니는 배가 아프다며 화장실에서 한참 동안을 있어야 했다. 같이 화장실에 간 내가 문을 닫고 나가려는데 할머니가 나에게 문 앞에서 기다려줄 수 있냐고 물었다. 난 조금 뻘쭘했지만 하는 수 없이 문 앞에 서서 몇 번씩이나 사람들에게 죄송하다며 고개를 숙였다.

그게 할머니의 마지막 모습이었다. 그 후 내가 독일로 돌아오고 나서 할머니는 급격히 건강이 안 좋아지셨고, 몇 달 후 세상을 떠나셨다.
서울에서 일했을 때 가끔 부산에 내려가면 할머니 한번 뵙고 가란 말에 나는 왜 그토록 귀찮아하며 "응, 다음번에…"라고 미뤘을까 하는 죄송함에 마음이 계속 먹먹해졌다. 가끔 내 한쪽 손을 꼭 잡고 날 올려다보며 슬며시 웃던 할머니의 모습이 생각날 때가 있다.

'다음번'이란 게 더 이상 없을 줄 알았으면 좀 더 자주 볼 걸 그랬다.
그때 할머니의 작고 고운 미소를.

빙그레~

# 내가 가장 좋아하는 지하철 자리

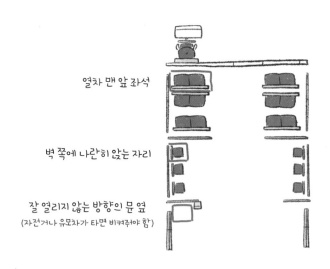

열차 맨 앞 좌석

벽 쪽에 나란히 앉는 자리

잘 열리지 않는 방향인 문 옆
(자전거나 유모차가 타면 비켜줘야 함)

지하철이나 트램을 탈 때면 내가 가장 좋아하는 자리가 있다.

독일에는 대부분 네 자리 좌석이 마주 보고 앉는 형태가 많은데
난 그다지 좋아하지 않는다. 한국에서 기차를 타도 네 자리 좌석이
있지만 그룹할인으로 더 싸게 판매하는 걸 보면 나뿐만 아니라
많은 이들이 그다지 선호하지 않는 것 같다. 독일에서 살다 보면
보행기를 끌고 지하철이나 버스를 타는 나이 지긋한 할아버지나
할머니를 자주 보게 된다. 그럴 때면 몸이 먼저 반응해서
벌떡 일어나 자리를 양보하곤 하는데, 열에 아홉은 괜찮다며
아무렇지 않게 보행기 의자에 앉거나 손잡이를 잡고 서 있는다.

벌떡!

할아버지
여기 앉으세요~.

괜찮다네.
난 여기 앉으면 돼.

허허

동방예의지국에서 온 처자

정독

음

호호,
아직 내 다리
튼튼하다우~.

원래는 지하철이나 트램 안에서 음식이나 음료를 먹으면 안 되지만 가끔 멀리 가야 할 때면 가방에서 슬쩍 들고 온 샌드위치나 도넛을 꺼내 먹기도 한다. 샌드위치라고 해봤자 얇은 통밀빵에 크림치즈와 블루베리잼을 듬뿍 바르고, 그 위에다 햄이나 치즈를 얹어 먹는 게 전부이다. 독일 친구들이 봤으면 기겁할 조합이긴 하지만.

아니─
잼 위에다가
살라미를 올린다고?!!
오 마이 갓!!

크림치즈와 블루베리잼의 조합

그 위에 살라미

요즘은 자제하려고 노력하지만 사실 내가 제일 좋아하는 간식 중 하나는 도넛이다. 아빠가 빵집에서 고르곤 했던 달짝지근한 팥앙금이 들어간 찹쌀 도넛이나 야채 고로케도 좋아하지만, 뭐니 뭐니 해도 반짝이는 설탕 시럽이 앞뒤로 골고루 발린 도넛이 제일이다. 옛날 땐 신촌에 있는 매장에서 줄을 서서 기다리고 있으면 직원이 갓 나온 따끈한 도넛을 하나씩 주곤 했다. 그리고 그때 난 인생 최고치의 몸무게를 갱신했었다.

아, 배부르다─
한 상자 다 먹어버렸네.
껄껄─

무려 아침 식사

독일에도 겉에는 슈가파우더가 잔뜩 뿌려져 있고 반으로 나뉘면 안에 딸기잼이 흘러나오는 '베를리너'란 도넛이 있다. 한입 베어 물면 아무리 조심해도 하얀 눈이 내리듯 입고 있던 옷이 금세 엉망이 돼버린다. 한 친구가 투덜대길 예전에는 도넛에 잼이 훨씬 많이 들어 있었는데 지금은 반도 안 되게 줄었다고 한다. 한편 폴란드에서도 '퐁첵'이란 도넛을 맛볼 수 있는데, 크기도 훨씬 큰 데다 반죽에 돼지기름을 섞어서 그런지 훨씬 더 고소하고 쫀득한 맛이다. 빵 속에는 다양한 맛의 잼이 들어가 있다. 같은 도넛이라도 베를리너가 마트에서 파는 일반적인 유리병 잼의 맛이라면 퐁첵은 직접 과일을 따다가 졸여서 만들었을 것만 같은, 왠지 더 포근한 느낌이 드는 건 왜일까.

○○마트 잼을
한 숟가락—

땀 뻘뻘—

자—
지금부터 세 시간 동안
잼을 졸이겠다!!

독일
베를리너

폴란드
퐁첵

(내 상상 속 이미지)

작년 한국에 있는 조카에게 선물한 그림책에는 이런 장면이 나온다. 그 페이지를 읽을 때마다 조카는 어김없이 환성을 지르며 좋아한다. 어두워서 보이지도 않는 동굴 안에 숨어서 밖으로 나오지 않는 어떤 (작은) 동물을 늑대가 잡아먹기 위해 동굴 앞에서 다양한 방법으로 유인한다. 그때 늑대가 마지막으로 도넛을 들고 유혹하는데, 처음으로 동굴 안 동물이 관심을 보이기 시작한다.

"…혹시 도넛 위에 무언가 뿌려져 있어?"

그러자 늑대는 회심의 미소를 지으며 외친다.

"그럼! 도넛 위에는 알록달록 사탕 알갱이들이 잔뜩 뿌려져 있단다."

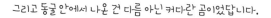
그리고 동굴 안에서 나온 건 다름 아닌 커다란 곰이었답니다.

안녀어어어엉?
그럼 도넛 좀 먹어볼까ー

까야아아아악ー
무셔버!!!
곰이었잖아아아아아아!

흔들리는
조카 손

# 냉장고 첫째 칸 소중한 달걀

예전에 살충제가 들어간 계란 때문에 독일에서 한바탕 난리가 난 적이 있다. 매일 계란을 두세 개씩은 먹는 계란 애호가인 나에게 한동안 마트에서 텅 비어 있는 계란 진열대를 지나쳐야 한다는 건 꽤나 고통스러운 일이었다.

독일 마트에 가면 다양한 종류의 달걀을 파는데, 닭 사육 환경에 따라 유기농(BIO), 방목형(Freilandhaltung), 그리고 축사형(Bodenhaltung), 이렇게 세 종류로 나뉘어져 있다. Freilandhaltung 계란은 실내가 아닌 야외에서 키운 닭이 낳은 계란을 칭하는 말인데, 실내에서 키운 닭의 Bodenhaltung 계란보다 조금 더 비싸다. 십여 년 전부터 독일은 공장형 축사에서 키운 닭의 계란 판매는 금지하고 있어 Bodenhaltung 계란도 그렇게까지 열악한 환경은 아닐 것 같지만 그래도 마음이 쓰여 Freilandhaltung 계란을 고르게 된다.

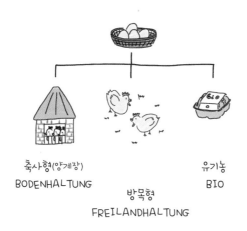

축사형(양계장)
BODENHALTUNG

방목형
FREILANDHALTUNG

유기농
BIO

마트에서 계란 판매를 중단하지 않는 한 우리 집 냉장고에 거의
떨어질 일이 없는 식재료 중 하나가 바로 달걀이다.

달걀 하나만 있으면 간단히 계란프라이를 만들어 간장을 뿌린 후
밥에 비벼 먹을 수도 있고, 토마토를 넣어 건강한 느낌의 스크램블을
만들어 먹기도 한다. 계란프라이가 지겨울 때면 계란을 삶아서
비벼 먹기도 하는데, 어렸을 때 엄마가 가끔 그렇게 만들어주고는 했었다.
그러다 얼마 전 우연히 친구들과 얘기하다가 알게 되었다.
아무도 맨밥에다 삶은 계란을 비벼 먹지 않는다는 것.

히힛, 맛있겠다!

헐… 저거 먹으면
완전 목메일 듯….

엄마표 삶은 계란 비빔밥
(계란을 충분히 으깨줘야 함)

가끔은 계란 두어 개를 움푹한 그릇에 풀고 물을 조금 부은 뒤
소금, 후추, 파, 고춧가루를 넣어 잘 섞은 다음 전자레인지에
3~4분 정도 돌려주면 맛있는 계란찜이 완성된다.
백반집에서 나오는 뚝배기 위로 넘칠 듯이 부풀어 오른 폭신한
계란찜에 비할 바는 아니지만 혼자서 간단히 해 먹기에는 그만이다.

앗, 뜨거!

계란찜이 잘됐나…?

냉장고에 야채들이 있을 때에는 계란볶음밥도 자주 만들어 먹는다.
먼저 프라이팬에 기름을 두른 뒤 파, 다진 마늘, 청양고추를
한 움큼 볶아 충분히 고소한 향이 배어나도록 한 후 찬밥을 넣고
좀 더 볶다가 프라이팬 한쪽으로 밀어놓고 계란 2개를 풀어
반 정도 익으면 스크램블하듯 휘저어준다. 굴소스와 간장을
한 숟갈씩 넣고 피쉬소스와 참기름도 조금 넣은 뒤
마지막으로 깨소금과 후추를 솔솔 뿌려 마무리하면 된다.

물론 냉장고에 있다면 여기에다 새우나 햄을 추가해도 된다.

추가하면 더욱
맛있는 재료들

난 새우

난 햄

내가 가장 좋아하는 도시락 반찬 중 하나이면서
아직까지도 만들기 어려워하는 게 계란말이다.
아무리 신경 써서 만들어도
여전히 삐뚤삐뚤 엉망이 돼버리는 계란말이는
그래서인지 혼자 밥 먹을 때 아니면 절대 만들지 않는다.

중학교 때까지 엄마가 싸준 도시락

줄줄이 소시지

소고기 장조림

멸치볶음

계란말이

독일의 빵집에서 가끔씩 사 먹는 빵도 예외 없이 계란 샌드위치다.
버터를 잔뜩 바른 동그란 빵(Brötchen) 위에 양상추를 깔고 얇게 자른
삶은 계란을 가지런히 얹힌 다음 독일식 마요네즈를 뿌려서 주는데,
이것 또한 워낙 간단해서 집에서 종종 해 먹기도 한다.

상추를 먼저 올리고
그 위에 계란이랑 마요

처음 독일에서 입안이 베일 것처럼 딱딱한 잡곡빵을 먹을 때면
한국 제과점에서 파는 고소한 고로케, 달곰한 단팥빵과
부드러운 우유식빵이 그렇게 생각났다.
하지만 지금은 반으로 쓱싹 잘라서 살라미, 소시지나 치즈를
얹어 먹는 독일식 아침의 매력을 어느 정도 알게 된 듯하다.

독일 브런치 (일반적인) 메뉴

오이, 토마토

내 사랑
딸기잼

살라미, 햄 그리고 치즈

삶은 계란 반숙

통밀빵

오렌지주스

그렇다 해도 노른자가 줄줄 흘러내리는 삶은 계란을
저렇게 티스푼으로 얌전하게 떠먹는 건 혹시 나중에
독일에 사는 할머니가 된다 해도 도무지 적응되지 않을 것 같다.

컵에 들어 있는 삶은 계란의
윗 부분만 조심스레 껍질을 까서
티스푼으로 귀엽게 떠먹는다.

헤헤

왜 그러지?
얼마나 맛있는데….

깜찍한 계란컵(Eierbecher)은
또 사고 싶은 이상한 심리

# 달그락달그락

엄마- 감자볶음은 어떻게 만들어?

카레는 어떻게 만들어??

먼저 기름을 두르고-
감자를 달그락달그락 볶아가···

(이미 손으로 휘젓고 있음)

　　엄마한테 요리 레시피를 물어볼 때면 어김없이 엄마 입에서
가장 먼저 나오는 말, 이상하게 난 이 말이 참 좋다. "달그락달그락."

이 두 단어 안에는 소복한 정성과 기다림의 시간이 담겨 있다. 스토브에 불을 켜고 기름을 두른 뒤 프라이팬이 적당히 달궈졌을 때 고소한 냄새가 날 때까지, 혹은 윤기가 자르르 나는 색으로 변할 때까지 충분히 주걱으로 볶아준다. 이 표현이 가장 적절히 사용되는 요리가 바로 카레가 아닐까 싶다.

버터를 두른 냄비에 네모 모양으로 썬 양파를 가득 넣고 '달그락달그락' 캐러멜색이 날 때까지 약불에 계속 휘저어주는 것. 이게 카레 맛을 좌우하는 가장 중요한 과정이다.

그런 다음 추가로 집에 있는 야채(감자, 당근, 버섯)를 적당한 크기로 깍뚝 썰어 함께 볶다가 총총 썬 소시지를 넣는다.

그리고 물을 붓고 일본 고형 카레와 한국 카레 가루를 2대 1 비율로

넣는다. 카레가 뭉근해질 때까지 약불에 조금 더 끓이면서

가끔씩 주걱으로 저어주면 간단하지만 맛난 카레가 완성된다.

베를린에서 여러 명이 함께 사는 WG(쉐어 하우스)에 산 적이 있는데,
하우스메이트 중 공대를 다니던 친구가 유난히 한국 음식을
좋아하지 않았다. 한번은 엄마가 큰맘 먹고 한국에서 보낸 김치를
작은 유리병에 나눠 담고는 비닐로 몇 겹씩 돌돌 말아서
냉장고 구석에 소중히 넣어뒀다.

냄새야~
없어져라! 얏!

오랜 검색 끝에 찾아낸
김치 냄새 안 나는 비법

명작가!
내 치즈에서 썩은 냄새가 나!!
도대체 저 병에 든 정체가 뭐야?!!

아- 그거 엄마가
한국에서 보내준 건데….
알겠어, 치울게.

시무룩

하루는 냉장고에 남아 있던 소시지를 총총 잘라
이 소시지 카레를 만들었는데, 잠시 후 부엌에 공대 룸메이트가
들어왔길래 맛을 한번 보겠냐고 물었다.
그런데 웬일로 흔쾌히 먹겠다고 하더니 한 그릇을 후딱 비우고는
처음으로 조금만 더 먹어도 되느냐고 묻는 게 아닌가.

이거 너무 맛이쩌!!
혹시 또 해줄 수 있어?
소시지는 내가 왕창 사올게.

흠-
요놈 봐라~

얼마 전 한국에 갔을 때

아파트 엘리베이터를 타고 집으로 가고 있었다.

내 앞에는 아버지와 아들처럼 보이는

두 사람이 나란히 서 있었는데, 불현듯 아들이 물었다.

아빠—
근데 김치찌개는
어떻게 해야
맛있게 끓여?

헤헷—

참기름 확 부어서
김치를 달그락달그락
볶은 다음에—

(역시 손은 이미 요리 중)

# # 하늘 목장 계란 올린 함박스테이크

어렸을 때 아빠, 엄마가 외식하자고 하면 먹으러 가는 음식은 항상 정해져 있었다. 커다란 소나무 아래로 조금 더 내려가면 넉넉한 몸집의 아저씨가 닭똥집 튀김을 서비스로 주곤 했던 옛날 통닭집, 한 번씩 주말에 차를 타고 교외로 나가 먹었던 고깃집, 우리 입맛에는 맞지 않아 우동 사리만 후루룩 건져 먹곤 했던 곱창전골집, 그리고 바로 동네에 하나밖에 없던 경양식집 '하늘 목장'이다. 바닥에는 빨간 양탄자가 깔려 있고 천장에는 샹들리에가 찰랑거리며 빛나던 그곳의 창가 쪽 동그란 테이블에 앉으면 멋진 나비넥타이를 매고 짧은 조끼를 입은 웨이터가 메뉴판을 가져다주며 묻는다.

언니와 오빠가 돈가스를 시킬 때 나만 유난히 함박스테이크를 시켰는데, 아마 그때 내 눈에는 뜨거운 돌판 위에서 지글지글 대는 소리와 함께 계란 반숙이 살포시 올려져 있던 함박스테이크가 훨씬 더 근사해 보였던 것 같다. 고소한 수프가 먼저 나오고 얼마 안 있으면 웨이터가 커다란 접시들을 멋지게 양손에 들고 온다. 그럴 때면 우리는 묵직한 은색 포크와 나이프를 양손에 꼭 쥐고는 잔뜩 기대감에 부풀곤 했다.

지금 살고 있는 집에서 왼쪽 방향으로 건물 두 채를 지나가면 오래된 레스토랑이 하나 있다. 창문에 낡은 피에로 인형이 붙어 있고 밖에 있는 나무판에는 '이번 주 특별 메뉴 : 슈니첼!'이라고 크게 써 있는데, 확인해본 건 아니지만 아무리 봐도 일 년 내내 그렇게 쓰여 있는 듯하다. 레스토랑 앞에는 작은 테이블들이 다닥다닥 붙어 있는데 이 동네에 나이 지긋한 아저씨, 아주머니들의 모임 장소인 것처럼 손님들은 자리에 앉기도 전에 서로 포옹하고 인사를 나눈다. 심지어 이곳에서 일하는 아주머니도 친한 사이인 듯 허물없이 서로를 대한다.

빛이 좋았던 어느 날 오후, 갑자기 슈니첼(독일식 돈가스)이 먹고 싶어서 이곳을 찾았는데 우리가 나타나자 노천 테이블에 앉아 있던 아주머니, 아저씨들이 일제히 하던 얘기를 멈추고 우릴 쳐다봤다. 잠깐의 정적이 지나고 한 아저씨가 친절하게도 혼자 앉아 있던 테이블을 양보해줬고 어쩌다 보니 우린 친한 이웃들 중간에 끼어 앉게 되었다.

우리는 우선 목을 축일 맥주 두 잔과 슈니첼, 그리고 프리카델레(독일식 함박스테이크)를 주문했다.

한국에서 먹던 돈가스와 달리 슈니첼은 볶거나 튀긴 감자 또는 야채샐러드가 함께 나오는데, 납작하고 큼지막한 돈가스에 레몬을 듬뿍 뿌려서 먹는다. 요즘 많이 파는 일식 돈가스에 비하면 바삭하게 씹히는 맛은 덜하지만 망치로 세심하게 두들겨 최대한 얇게 편 고기를 버터를 칠한 프라이팬에 부침개를 부치듯이 구워서 육질이 부드럽다.

작은 샐러드

바이젠 비어
(밀맥주)

독일 슈니첼

미소국

아주 얇게 채썬
양배추샐러드

참깨
우스터소스

일식 돈가스

미리 잘라서 나온 돈가스를 젓가락으로 집어 먹음
두툼한 고기를 알갱이가 큰 빵가루로 튀겨 바삭함

별도로 소스를 주문해 얹어 먹을 수도 있지만 버섯크림 소스는 조금 느끼해서 그냥 담백하게 상큼한 레몬만 뿌려 먹는다. 여기에다 커다란 맥주까지 한 잔 가득 마시고 나면 터질 것 같은 배 때문에 바지 단추를 슬쩍 풀어 어루만지며 집에 돌아오기 마련이다. 하지만 마요네즈와 케첩을 섞은 양배추샐러드와 마카로니샐러드, 단무지와 네모나게 썬 깍두기가 함께 나오고 달짝지근한 소스가 듬뿍 올려진 촉촉한 옛날 그 돈가스가 더욱 생각나는 걸 보면 요리에는 본연의 재료만큼이나 저마다의 기억들이 진하게 배어져 있나 보다. 양이 항상 모자라서 엄마, 아빠 것까지 뺏어 먹던, 후추를 톡톡 뿌린 옥수수 크림수프가 함께라면 더욱 완벽할 텐데.

네모난 깍두기

밥

빵

옛날 돈가스

# 나는 아는 게 하나도 없었다

몇 년 전 엄마가 내 졸업식 때문에 독일에 왔을 때를 떠올려보면 참 왜 그랬을까 하는 순간들이 문득 밀려온다.

하루는 브런치를 먹으러 엄마와 카페에 갔는데, 엄마가 잠시 화장실에 간 사이 주문을 받으러 온 웨이터에게 난 자신 있게 말했다.

"엄마는 고기를 좋아하니까… 비프 샌드위치로 주세요."

잠시 후 화장실에 갔다 온 엄마가 뭘 시켰냐고 묻더니 한쪽 눈썹을 찡그리며 말했다.

뭐야, 갑자기 번거롭게….

머쓱

엄마는 다 좋은데, 고기는 안 든 걸로 시켜라~.

고기는 딱 싫다!

절레절레

난 엄마가 나처럼 고기를 좋아한다고 생각했다.

함께 온 친구는 의아한 눈빛으로 날 쳐다봤고, 난 민망한 마음에

번거롭게 주문을 바꿔야 하냐며 괜히 투덜거렸다.

사실 그건 처음으로 온전히

엄마와 나 단둘이서만 보낸 한 달 남짓한 시간이었다.

그리고 그때야 겨우 알게 되었다.

엄마는 고기를 좋아하지 않는다는 것을.

그때 한국에서 엄마가 왔다고 여러 일행들과 함께
시칠리아섬으로 여행을 갔다. 저녁 무렵 다음 날 아침을 위해
마트에 장을 보러 갔는데, 내가 빵이랑 햄, 살라미와 치즈 같은 걸
카트에 넣고 있으니 엄마가 내 곁에 와서 배시시 웃으며 말했다.

우리 그러지 말고,
내일 아침은 감자나
쪄서 먹을까?!

엄마는 참-
여기까지
와서 무슨 감자야!

획-
여긴 이태리라고.

짜안-

아… 좀 그렇긴 하재….
호호호

(그래도 계산은
엄마 지갑에서 함 ㅜㅜ)

내가 이래 촌스럽다….

매주 일요일이면 우리 집은 '오늘은 내가 요리사' 하고 외치던 TV 광고처럼 아침부터 식탁에 앉아 고기를 구워 먹었다. 워낙 가족 모두가 고기를 좋아했기 때문에 굽기가 무섭게 불판은 깨끗이 비워졌다. 그때 엄마의 자리는 언제나 식탁 맨 가장자리, 불판 바로 앞이었다.

나의 왜곡되었던 기억

엄마가 불판 앞에 앉아 구우면서 고기도 계속 집어 먹음

실제 상황

엄마가 불판 앞에 앉아 (먹지는 않고) 고기만 굽고 있음

그랬다. 엄마는 항상 그 자리에서 정신없이 고기를 구웠지만 그렇다고 먹고 있던 건 아니었다. 모두가 배가 불러 젓가락을 놓을 때쯤 그제야 엄마는 남은 고기 몇 점을 집어 먹었던 것뿐이고 이내 식탁을 치우기 위해 일어났다.

부끄럽지만 나는 아는 게 하나도 없었다. 가장 가깝다고 느꼈던 엄마란 사람의 취향에 대해서.

작년 겨울 한국에 잠시 들어왔을 때였다. 햇볕이 좋던 어느 날 오후 엄마가 혼자 소파에 쭈그리고 앉아 식빵을 뜯고 있었다.

엄마, 뭐해?

저녁에 오랜만에
돈가스 튀길라고-.

이렇게 빵가루 대신
식빵으로 튀기면
훨씬 바삭하고 맛있다.

슬그머니 엄마 옆에 앉아서 폭신한 식빵을 하나 집어 들고는
조그맣게 뜯기 시작했다.

차라락~

오오…

다-다-다닥~

무서운 속도로 뜯는 중
(이 쓸데없는 승부욕)

한참을 그렇게 앉아 있는데, 불현듯 엄마가 고개를 들며 말했다.

아휴, 참~
(넣어도 넣어도
줄지 않음)

아이고 우리 딸 잘 뜯네~
진짜 재능 있다~!!

엄마도 참~
이게 뭐라고….

마주 보고 앉아 같이 빵을 뜯으며 여러 번이나 잘한다고 재능 있다며 칭찬하던 엄마는 그때 조금 신나 보였던 것 같다. 사실 엄마도 한숨 돌리고 나면 어김없이 찾아오는 끼니마다 홀로 덤덤히 음식을 만드는 시간이 좋지만은 않았을 테다.

올해 한국에 가면 다시금 엄마 곁에 다정하게 자리 잡고 함께 식빵도 뜯고 콩나물도 다듬고 억센 시래기 줄기도 벗겨야지! 그러다 보면 혼자 사부작사부작 밥을 하던 엄마의 묵직한 시간도 순식간에 지나가 버리지 않을까.

# # 축구와 소시지에 관한 잡다한 이야기

우리 집은 바로 축구 경기장 옆이다.

쾰른은 독일에서 대부분 2부리그에 머물러 있지만 축구에 대한 열정만큼은 어디에 내놓아도 뒤지지 않는다. 보통 2주에 한 번씩 경기가 열리는데, 그날이 되면 두세 시간 전부터 이미 강렬한 빨간 목도리(쾰른 축구팀의 상징)를 목에 두른 사람들이 하나둘씩 모여든다. 술집 앞에서도 한참을 밖에 서서 술을 들고서 담배를 피우며 축구 얘기를 하는 독일인답게 길거리를 가득 메운 사람들은 너 나 할 거 없이 맥주를 마시며 경기를 기다린다. 창문을 열면 마치 그들과 함께 있는 것처럼 시끌벅적한 분위기가 축제의 현장에 와 있는 것 같다. 집 앞에는 스페인, 멕시코 음식점 그리고 씨푸드 레스토랑과 작은 슈퍼가 있는데, 축구를 하는 날이면 일제히 야외에 간이테이블을 펼쳐놓고 맥주를 판다.

프로스트!

시끌벅적

평소에는 굳게 닫혀 있는 빨간 소시지 부스의 아저씨도 축구 경기가 있을 때면 문을 열고 장사를 준비한다. 반쯤 열린 창문 틈으로 피어나오는 고소한 소시지 냄새가 맥주를 마시는 사람들을 유혹하기 시작한다. 철판에서 지글지글 구워낸 소시지를 동그란 빵 사이에 쑥 넣어주고는 노란 머스터드소스를 뿌린다. 소시지 종류는 두 가지, 가장 일반적인 보통 맛(Bratwurst)과 붉은 빛의 매운맛(Krakauer) 중에 선택하면 되는데, 고추와 마늘이 들어간 Krakauer가 내 입맛에는 더 맛있다. 소시지를 손가락 마디만큼 썰어서 카레가루가 뿌려진 토마토소스를 뿌려 먹기도 하는데, 이게 바로 베를린의 대표 음식이라고도 불리는 커리부어스트(Currywurst)이다. 인심 좋은 빨간 부스 아저씨에게 잘만 얘기하면 빵 위에 슬쩍 이 소스를 뿌려주기도 한다.

## 독일 소시지를 먹는 방법

빵 사이에 넣고
머스터드소스와
함께 먹는다.

작게 잘라서
커리 토마토소스를
뿌려 먹는다.
(감자튀김도 같이)

잘 구워진 소시지에
감자와 샐러드를 같이 먹으면
소박한 한 끼 식사가 된다.

남부 바이에른 지역(뮌헨)에서는 전통적으로 하얗고 통통한 흰 소시지를 끓는 물에 삶아 달콤한 머스터드소스에 프레첼, 그리고 밀맥주(Weizenbier)와 함께 브런치로 먹는다. 이때 소시지를 반으로 잘라 껍질을 조심스레 벗겨야 되는데, 부드러운 하얀 속살을 소스에 찍어 한입 먹고는 프레첼을 조금 뜯어서 입에 넣는다. 입가심으로 밀맥주를 한 모금 마시면 이것 또한 독특한 경험이자 별미이다. 이걸 엄마가 본다면 나에 대한 오해가 좀 풀리지 않을까 싶다.

아니, 이럴 수가…!!?
아침부터 맥주라니….
설마 우리 딸이…

절레절레

물론 독일에서 먹는 소시지도 참 맛있지만 한 번씩은 통조림 햄이 그렇게 먹고 싶다. 적당히 달구어진 팬에 가지런히 자른 햄 서너 조각을 올려놓고 치이이 하는 소리와 함께 타닥거리며 구우면 간단하다. 윤기가 자르르 흐르는 따뜻한 흰밥에 겉이 바삭하게 구워진 이 햄 한 조각과 김치를 올려서 먹으면 그 맛은 가히 다른 음식과 비교하기 어렵다. 하지만 안타깝게도 독일 마트에는 이 통조림 햄을 팔지 않는다. 소시지가 워낙 유명하기도 하고 자부심이 대단한 독일이라 마트에 가면 종류별로 소시지는 정말 다양하게 있지만 통조림 햄은 한국 슈퍼에 가야만 살 수 있다. 그래서 독일로 여행 오는 친구가 있으면 부탁하거나 한국에 갔다가 돌아올 때 대용량으로 몇 캔씩 사 오곤 한다.

그날도 설레는 마음으로 아껴둔 캔 뚜껑을 따고는 네모난 햄을 꺼내느라 쩔쩔매고 있는데, 그때 마침 집에 놀러 온 친구가 보더니 말했다.

어쨌든 다시 축구 얘기로 돌아가면
독일 사람들의 축구에 대한 사랑은 대단하다.
평소에는 그렇게 조용하고 감정을 쉽게 드러내지 않던 사람들이
축구만 이겼다 하면 춤추고 노래를 부르고 난리가 난다.
이럴 때 지하철이라도 타면 방방 뛰는 빨간 목도리를 두른
사람들에 둘러싸여 꼼짝달싹 못한 채 중간에 껴서 가기 십상이다.

• 잠시 후 •

# 아프리카풍 칵테일바에서의 첫 알바

예전에 감명 깊게 본 영화 때문일까.

어렸을 때부터 나의 로망 중 하나는

칵테일바에서 바텐더로 일하는 것이었다.

대학에 들어간 후 하루는
집으로 돌아오는 길에 새로 생긴 칵테일바를 발견했고
충동적으로 주말부터 일을 시작하기로 했다.

하지만 그 바는 내 상상 속 이미지와 너무 달랐고,
처음 사업을 하는 젊은 사장님의 취향 때문인지
독특한 아프리카풍 목조장식으로 가득했다.

앞으로 잘 부탁해요~.

칵테일 주문이 들어오면 사장님은

코팅한 종이에 적힌 레시피대로

믹서기에 넣어서 돌렸고, 그럴 때마다

작은 바에는 윙- 하는 기계음이 울려 퍼졌다.

새로 생겨서 그런지 워낙 손님이 없어서

가끔씩 과일이나 소시지 안주 주문이 들어오면

근처 마트에 뛰어가서 재료를 사 와야 했다.

그래도 언제나 프로페셔널함을 강조했던 우리 사장님.

가끔 바에 혼자 앉아 술을 마시던 손님이
나에게 말이라도 걸어오면 사장님은
급하게 날 밀쳐내며 말했다.

하루하루 손님은 오지 않고, 사장님은 한번 밖에 나가면
이웃들과 노느라 한참 동안 돌아오지 않았다.
난 아프리카 부족 마을에 혼자 남겨진 기분이었다.

그러던 어느 날, 이렇게 시간을 보낼 바에는
차라리 칵테일 만드는 법이라도 익혀서 장사에 도움이 되자는
생각이 들어서 칵테일 만들기를 시도하고 있었다.

그때 갑자기 문에 달린 종소리가 들렸고

난 놀라서 그만 양주를 컵에 쏟아붓고 말았다.

그날 저녁 불타오르는 얼굴로 서 있는 날 보며
사장님은 감기 걸린 거 아니냐며 걱정하셨다.

그렇게 난 비틀대며 집으로 돌아왔다.
그리고 그건 (멋진) 바텐더로서의
나의 마지막 추억이었다.

## 여름에 마시기 딱 좋은 칵테일

### 휴고(Hugo) 칵테일

스파클링 와인과 탄산수를
2:1 비율로 섞은 다음
얼음, 엘더플라워시럽 조금과
민트, 라임을 넣고 잘 섞어서 마신다.

### 모스코 뮬(Moscow Mule)

얼음을 넣은 구리 머그잔에
보드카 1잔을 넣고 진저비어로 채워준다.
라임 반 개를 짜서 넣고
라임과 민트를 올리면 완성!

차가운 구리 머그잔이 포인트!

# # 나만 알고 싶은 비밀의 정원

지난여름 한국에 잠시 와 있을 때였다. 하루는 집에 오는 길에 마트에 갔다가 주류 코너에서 반가운 얼굴을 만났다. 그건 바로 가펠 쾰시 맥주! 독일에서 내가 살고 있는 쾰른에서만 생산하는 맥주 브랜드인데, 맛이 깔끔하고 목 넘김이 가벼워서 여름에 시원하게 한잔하고 싶을 때 곧잘 마시는 맥주이다. 사실 가펠 맥주를 찾게 되는 가장 큰 이유 중 하나는 바로 나만 알고 싶은 비밀의 정원이 있는 곳에서 이 맥주를 팔기 때문이다.

이 정원은 밖에서는 보이지 않는데, 레스토랑 문을 열고 들어가 한참을 뒤쪽까지 걸어가면 비로소 정원으로 통하는 문이 나온다. 이곳에 앉아 있으면 마치 내가 영화 속에 나오는 신비로운 정원 한 가운데에 앉아 있고 곧이어 주전자와 토끼가 말을 걸어올 것만 같다. 정원이라고 해서 나무와 꽃으로 우거져 있는 화창한 공원 같은 풍경을 상상하면 오산이다. 물론 테이블과 의자들 사이로 작은 화분들이 놓여 있긴 하지만, 맞은편에서 내려다보는 건물 담벼락에 그려진 아주 커다란 나무 한 그루가 전부이다. 고개를 빳빳이 들어야 노란 꽃들이 잔뜩 피어 있는 나무 전체를 볼 수 있는데, 자세히 들여다보면 나무에 주렁주렁 매달려 있는 건 꽃이 아닌 맥주잔들이다.

맥주의 종류는 각각 쓰임이 다른 맥주잔으로도 구분할 수 있는데, 이를테면 쾰른의 쾰시 맥주는 200ml짜리 귀엽고 작은 잔들을 웨이터가 동그란 통에 꽂고 다니면서 다 마신 잔을 알아서 바꿔준다. 그리고는 컵 받침에 연필로 선을 하나 긋는데 나중에 이게 계산서 역할을 대신한다. 더 이상 마시고 싶지 않으면 그냥 받침대를 잔 위에다 올려놓으면 된다. 쾰른에서 태어나고 자란 한 친구는 맥주를 시원하게 두세 모금 마신 다음 신선한 맥주를 다시 받아 마시는 게 맥주의 맛을 즐길 수 있는 최고의 방법이라며 칭찬을 아끼지 않는다. 그래서 쾰른 사람들은 뮌헨에서 열리는 악토버 페스트에서 맥주를 1리터짜리 묵직한 잔에다 흘러넘칠 것처럼 마시는 걸 보면 고개를 절레절레 흔든다.

응?!
안 시켰는데
왜 또 주지?
(은근히 좋아함)

어이쿠, 이런
그렇다면 한 잔만 더….

맥주잔이 작아서 부담 없는 대신,
끝없이 마실 수 있으니 조심해야 함!

야- 건배할 때
눈을 마주치지 않으면
7년 동안 배드섹스라고-

프로스트!

뭐랏!!?!

네 눈만 쳐다-보겠다-!!

찌릿-

반면 밀맥주(Weizenbier)는 몸통이 길고 허리가 잘록한 잔에다 따라 마시는데, 다른 맥주보다 탄산이 많이 들어가 있어 조심히 따르지 않으면 거품 반 맥주 반이 되기 십상이다.

맥주병을 잔에 붙이고
잔을 최대한 기울여서
천천히 따라야 합니다.

초긴장

내가 가장 좋아하는 맥주 중 하나는 바이에른 지역의 테게른 호수에서 생산하는 테게른제어(Tegernseer) 헬맥주인데, 가볍고 깔끔하며 부드러운 청량감이 아주 매력적이다. 양조장이 호수 근처에 있다고 하니 더욱 시원하게 느껴지는 헬맥주는 기본형의 잔에 따라서 마신다. 또 다른 맥주는 스페인에서 처음 마셔봤는데 배가 불룩 튀어나온 아저씨가 인심 좋게 웃으며 맥주를 권하는 듯한 그림이 있는 크루즈캄포(Cruzcampo)이다. 이 맥주 또한 무더운 스페인의 여름 날씨에 한 잔 벌컥벌컥 마시면 더위가 금세 사라지는 듯한 시원한 상쾌함이 온몸에 쫙 퍼진다.

독일
테게른제어 헬맥주

어서 한잔 하자꾸나,
껄껄껄

그, 그럴까요?

반짝반짝

이 맛에 사는 거지~

스페인
크루즈캄포 맥주

그에 반해 향긋한 과일 향이 가득한 벨기에 에일 맥주는 강하고 쓸쓸한 홉이 특징이라 향이 오래갈 수 있는, 와인잔처럼 오목한 잔에다 마신다. 단, 풍부한 향과 크리미한 거품만큼이나 도수까지 높은 편이라 조심해야 한다. 벨기에 수도원에서 트라피스트(Trappistes) 맥주 중 하나인 로슈포르(Rochefort)를 생산하는데, 라벨마다 6, 8, 10이라는 숫자가 적혀 있다. 가장 낮은 도수인 6맥주(7.5%)는 시중에 잘 찾아보기 힘들다. 대신 도수가 세긴 하지만 로슈포르 10맥주(11.3%)가 가장 거품이 풍부하고 맛있다.

와인처럼 치즈와 함께 즐겨보렴-

우아

고구

벨기에 맥주

흠- 넌 참 작구나!

악토버페스트 맥주잔

쾰시

어머머, 이 길고 가는 허리 좀 봐요~.

밀맥주

깜찍 귀욤

늦잠을 잔 일요일, 늦은 아침을 먹고 가볍게 산책을 하러 나왔다가 어김없이 또 이곳에 들렀다. 우리 바로 옆에는 할머니 둘이서 맥주를 마시며 한참을 말없이 앉아 있었다. 별다른 대화도 없이 비어 있는 공백이 전혀 어색하거나 불편하지 않은 것. 별거 아니지만 이것 하나에 많은 관계가 나뉘어진다. 그러다 문득 이런 생각이 들었다. 저 할머니들 정도면 충분히 인생을 잘 살았다고 자부해도 될 것 같다고. 다른 건 몰라도 굳이 말 한마디 없어도 서로 다 알고 있다는 포스를 강하게 풍기는 사람이 곁에서 함께 늙어간다는 건 멋진 일임에 분명하니까. 그렇게 나도 맥주 한 모금을 머금으며 가만히 커다란 나무 그림을 바라보았다.

"우리도 저렇게 나이 들어가자. 저기 할머니들처럼."

# 옛날 분식집 충무김밥 하나

어렸을 때 학교가 끝나면 매일같이 들리던

초등학교 앞 분식집이 있었다.

천 원짜리 한 장이면 까칠한 얼음에 우유를 반쯤 붓고
그 위에 달콤한 팥을 잔뜩 올려주던 팥빙수를 먹을 수 있었다.

옛날 팥빙수
**특이하게 우유가 잔뜩 들어 있음**

그리곤 가게 한 모퉁이에 쭈그리고 앉아 동전 하나를 넣고
수없이 꽝만 나오는 뽑기 게임을 했다.

두근두근

제발!

예전에 광안리 해변을 따라 산책을 하다가 우연히 낡은 아파트 상가에
서 작은 분식집을 발견했었다. 내 기억 속에만 남아 있던 그 분식집과
얼추 비슷한 외관을 보고는 반가운 마음에 가게 안으로 들어갔다.

달랑 테이블 세 개가 놓여 있는 분식집 안에는

허리가 구부정한 할머니께서 혼자 일하고 계셨고,

구석에는 초등학생 남자아이 하나가 라면을 후르르 먹고 있었다.

찬찬히 벽에 적혀 있는 단출한 메뉴를 보다가 요즘은 찾아보기 힘든

충무김밥을 2인분 주문했다. 할머니는 고개를 끄덕이더니

언뜻 봐도 세월의 흔적이 물씬 느껴지는 오래된

아이스크림 냉장고 쪽으로 찬찬히 걸어가셨다.

냉장고에서 오징어무침과 깍두기를 꺼내고는

문을 닫으려고 하다 멈칫하더니 할머니는 이내 허리를 굽히고

깍두기 두어 개를 더 꺼내 담으셨다.

흐음-  조금 더…?

 끄응

옛날 그대로 신문지에 둘둘 말아 포장한 충무김밥을 받아들고
계산을 하려는데, 그때야 비로소 나한테 지금 현금이
하나도 없다는 걸 깨달았다.

할머니와 먼지 쌓인 카드단말기 앞에서 한참을 시도해본 뒤에야
겨우 결제를 할 수 있었다.
"가만있자, 공이 하나, 둘, 셋…."
느릿느릿 숫자를 누르며 할머니는 미안한 듯 슬그머니 웃으셨다.
잘 먹겠다고 인사를 하고는 묵직한 충무김밥 한 봉지를
앞뒤로 흔들며 집으로 돌아왔었다.

그 옛날 충무김밥이 정말 한번씩 생각나는 별미라면 그래도 역시 햄, 단무지를 넣고 뚝딱 만든 김밥이 가장 맛있다. 어렸을 때 소풍이나 특별한 행사가 있을 때면 아침에 눈도 뜨기 전부터 이미 온 집 안은 고소한 참기름 냄새와 시큼한 단무지 그리고 햄과 어묵을 달달 볶는 맛있는 기름 냄새로 가득 찼다. 그래서인지 지금도 가끔 엄마가 테이블 가득 먹음직스러운 색감의 재료들을 펼쳐놓고 김밥을 쌀 때면 괜히 마음이 들뜬다. 할 일 없이 부엌 근처를 어슬렁거리며 햄이나 계란을 집어 먹기도 하고, 보다 못한 엄마가 잔소리와 함께 김밥 꽁다리를 줄 때면 날름 받아 먹고는 여전히 엄마 곁을 서성이며 입맛을 다시곤 했다. 엄마는 가족 수에 맞춰 도시락통 다섯 개를 준비해놓고 공평하게 김밥을 담았는데, 그럴 때면 엄마 도시락에는 유독 한쪽이 터지고 비뚤배뚤 못난 김밥들이 담기곤 했었다.

다 끝났다—

휴우

이제 좀 먹어볼까….

으응?

힐끗

엄마 김밥이…
다 터졌네.

험험

니 오늘
어디 간다 했노?

민망

휙

네, 알겠어요….

일찍 들어온나,
또 택시 타지 말고—

253

# 그 시간, 그 장소를 생각하면 떠오르는 게 있다

누구나 마찬가지겠지만 나에게는 그 시간, 그 장소를 생각하면 어김없이 떠오르는 게 있다. 특별하게 맛있거나 평소에 즐겨 먹는 것도 아닌데, 그때 그곳으로 돌아간 것처럼 짧지만 생생하기만 한 기억과 함께 갑자기 엄청 먹고 싶어진다.

벌써 십여 년 전이지만 대학 캠퍼스에서 공강 시간이면 벤치나 계단에 앉아 먹었던 은박지에 둘둘 말린 천 원짜리 김밥 한 줄과 빨간 줄을 조심스레 뜯어 껍질을 벗겨 먹던 소시지 두 개, 그리고 네모난 팩에 담겨 있던 사과 맛 피크닉 음료.

대학을 졸업하고 일 년 동안 싱가포르공항에서 인턴으로 일할 때였다. 쉬는 날이면 집에서 한 정거장 떨어진 곳에 있던 마트에 갔다 찬찬히 돌아오면서 타이거 맥주에 빨대를 꽂아 마시곤 했다. 처음 마셨을 때 부드럽게 목구멍을 타고 넘어가던 그 맛이 잊히지 않아 지금도 마트에 가면 한 번씩 이 맥주를 집는다.

늦은 자정까지 일을 하고 나서 이대로 집에 가긴 아쉬워 택시를 타고 '클락키(Clarke Quay)'로 가서 강을 바라보고 앉아 마셨던, 얼음을 통째로 넣고 갈아서 엄청 시원했던 라임 마가리타와 나쵸 한 접시. 작은 도마뱀이 간판이며 벽면 여기저기에 그려져 있던 음식점이었는데, 몇 년 후 다시 찾았을 땐 아쉽게도 다른 레스토랑이 자리 잡고 있었다.

싱가포르에서 돌아온 후 여의도에서 회사를 다니게 되었는데
그때 회사 뒤편에는 핑크색의 귀여운 커피 트럭이 있었다.
가끔 혼자 머리를 식히고 싶을 때 눈치를 보다
슬쩍 나와 마셨던 자몽 에이드.
사장님이 직접 소다 기계에서 거품이 보글보글 올라오는
탄산수를 만들어내는 모습을 바라보고 있으면 덩달아 축 처져 있던
내 기분도 상큼하게 풀어지는 것 같았다.
그리고 절대 잊을 수 없는 점심 메뉴는 건물 전체를 한 바퀴 돌 정도로
많은 직장인들이 줄을 서서 기다리던 진주집의 비빔국수.

한 시간만 더
기다리시면 돼요~.

회사를 퇴사하고 떠난 바르셀로나에서는 일주일에 두세 번씩은
꼭 집에서 두 블록 아래에 있는 작은 타파스바에 갔다.
매번 주문하는 건 카바 한 잔과 한국의 곱창과 비슷한 맛이 나서
좋아했던 '카요스(Callos)'라는 타파스였다. 조금 짜긴 했지만
집밥을 먹는 느낌을 물씬 주던 그곳의 사장 아주머니는
내가 오면 언제나 작은 카바 한 병과 술잔을 함께 갖다 줬는데,
가끔 친구와 얘기가 길어졌을 때면 계산하고 일어난 테이블 위로
작은 카바 병들이 여럿 굴러다녔다.

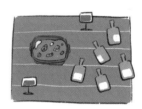

잠시 뮌헨에서 혼자 살았던 적이 있는데,

그때 처음으로 시도해본 요리가 베이컨 아스파라거스말이였다.

길쭉한 아스파라거스를 물에 살짝 데치고 베이컨을 돌돌 말아

프라이팬에 굽기만 하면 되는데,

네모난 발코니에서 화이트 와인 한 잔과 먹을 때면

마치 내가 그럴듯한 셰프라도 된 것처럼 으쓱해졌다.

한국에서 독일로 여행 온 언니한테도 자랑스레 만들어줬는데

언니는 한입 베어 물고는 밖에 나가서 사 먹자고 했었다.

나는 셰프다, 후훗

난 맛있는데….

웩-
이거 뭐야?
소금을 들이부었냐?

훽-

베트남 음식은 아는 게 쌀국수와 월남쌈이 전부였던 내가
처음 '반미'라는 베트남 샌드위치를 먹어본 곳은 베를린이었다.
베를린에는 유독 많은 베트남 이민자들이 살고 있는데, 그래서인지
시내를 걷다 보면 케밥만큼이나 많은 베트남 음식점을 찾을 수 있다.
그리고 지금 생각하면 좀 쑥스럽지만
그때는 진정한 베를리너라도 된 것처럼
매일 마셔 댔던 카페인 음료 '클럽 마테'.
(지금은 손도 대지 않는다.)

작년에 잠시 한국에 들어왔을 때 작업한다며 매일 밖으로 나도는

철없는 딸에게 엄마가 가끔 쥐여주곤 했던 주먹밥 도시락.

인적이 드문 벤치에 앉아 슬그머니 주먹밥 하나를

꺼내 먹을 때면 그제야 실감이 났다.

'아, 한국에 왔구나….'

흠흠-
자, 들고 가서 먹어라~.
재료도 남고 해서
그냥 싸봤다.

밖에 음식
뭐가 좋다고….

(웬 도시락?)

# 베트남 친구도 반한 '반미 샌드위치' 레시피

자— 이제 반미 샌드위치를
한번 만들어볼까요?

이건 필요한
재료들이고요.

혼자서 4번,
둘이선 2번씩
해 먹을 수 있는 양입니다.
(해석: 4인분)

| 간 돼지 / 소고기 양념(400g) | 야채 피클 양념 |
| :---: | :---: |
| 간장 2T | 오이 1 |
| 피쉬소스 2T | 당근 1 |
| 올리고당 2T(설탕 1T) | 식초 3T |
| 굴소스 1T | 올리고당 2T |
| 간 마늘 | 물 3T |
| 후추 | 피쉬소스 2T |
| 라임즙 조금 | 청양고추 |
| | 소금, 라임즙 조금 |

전날에 미리 재워두면 더 맛있어요!

먼저 고기를 볶습니다.

빵을 반으로 자른 다음
양쪽 면에
스리라차 소스를 바르고
재료를 착착 넣어줍니다.

진짜 맛있어!!
베트남 가서
팔아도 될 듯!

정말?!!
헤헤헤

베트남 친구 마이

"지금까지 제 이야기를
읽어주셔서 감사합니다!"

꾸벅

## 나만 그랬던 게 아냐

**1판 1쇄** 2020년 11월 16일

**지 은 이** 명작가

**발 행 인** 주정관
**발 행 처** 북스토리㈜
**주　　소** 서울특별시 마포구 양화로 7길 6-16 서교제일빌딩 201호
**대표전화** 02-332-5281
**팩시밀리** 02-332-5283
**출판등록** 1999년 8월 18일 (제22-1610호)
**홈페이지** www.ebookstory.co.kr
**이 메 일** bookstory@naver.com

**ISBN** 979-11-5564-220-7 03810

※잘못된 책은 바꾸어드립니다.

이 도서의 국립중앙도서관 출판시도서목록(CIP)은
서지정보유통지원시스템 홈페이지(http://www.seoji.nl.go.kr)와
국가자료공동목록시스템(http://www.nl.go.kr/kolisnet)에서 이용하실 수 있습니다.
(CIP제어번호 : CIP2020045939)